채식하는 사자
리틀타이크

이 책은 환경과 나무 보호를 위해 재생지를 사용했습니다.
환경과 나무가 보존되어야 동물도 살 수 있습니다.

채식하는 사자
리틀타이크

책공장더불어

초판 서문

동물원에서 태어나자마자 어미 사자에게 버려진 새끼 사자 리틀타이크. 리틀타이크가 버려진 9월의 그 우울한 날은 인간에게 커다란 질문이 던져진 날입니다. 리틀타이크는 인간들의 빈곤한 상상력을 자극했고 '모든 생명이 평화롭게 공존할 수 있을까?'라는 근원적인 질문을 되새기게 했습니다. 리틀타이크는 채식 사자라는 것을 떠나 전 생애 동안 인간은 물론 주변의 모든 동물에게 진심어린 애정과 신뢰를 보여 주었습니다. 그것만으로도 리틀타이크의 삶은 의미가 있습니다.

리틀타이크와 함께 살면서 비극과 기적은 연이어 일어나며 한 번 일어난 기적은 끊임없이 이어진다는 말을 실감했습니다. 리틀타이크는 태어나자마자 어미에게 버려지는 비극을 경험했지만 이후 9년 내내 우리에게 기적을 보여 주었습니다. 리틀타이크와 살았던 9년은 기적의 연속이었으니까요. 로버트 리플리의 〈믿거나 말거나(Believe It or Not)〉에 따르면 세상의 오직 하나뿐이었던 채식 사자 리틀타이크. 특별했던 사자의 실제 이야기를 읽으며 그의 특별한 사랑도 함께 느껴 보시길 바랍니다.

조지 웨스트보

4

개정판 서문

리틀타이크가 우리 곁을 떠난 지 벌써 몇 년이라는 시간이 흘렀지만 아직도 세계 각지에서 편지가 오고 있습니다. 아름다운 사자 이야기는 동물을 사랑하는 사람들의 입에서 입으로 전해지고 있었던 것입니다. 이렇게 리틀타이크는 아직까지도 우리와 함께 살고 있습니다.

그래서 우리는 지난번 책에 싣지 못한 리틀타이크의 사진과 이야기를 보완해 개정판을 내게 되었습니다. 덕분에 리틀타이크를 추억하며 또다시 행복한 시간을 보냈습니다.

남편은 몇 년 전에 세상을 떠났고, 저는 여전히 히든밸리 목장에 남아 여러 동물과 함께 살고 있습니다. 남편도 리틀타이크도 먼저 떠났지만 그들은 평화로운 히든밸리 목장에서 여전히 저와 다른 동물들과 함께 살고 있다고 믿습니다.

마거릿 웨스트보

추천사

　처음 이 이야기를 접하고 채식 사자라고 하길래 인간의 손에 길들여져 그렇게 되었을 것이란 선입견이 있었다. 하지만 리틀타이크의 전 생애에 관한 이야기를 읽고 나니 수의사로서의 지적 호기심을 넘어서 생명의 경이로움을 느끼게 되었다.

　육식동물이 채식만 하면서도 내장기관의 기능에 문제가 없고 영양실조나 다른 병에 노출되지 않고 건강하게 살았다는 것에 놀라면서도 마음 한편으로는 기쁨을 느꼈다. 어떤 생명이든 자기가 원하는 삶의 방향대로 살 권리가 있다. 그게 비록 인간이 아닌 사자라고 해도 말이다.

　리틀타이크의 이야기를 읽고 있자니 미국 유학 시절의 기억이 떠오른다. 특히 리틀타이크처럼 채식을 하던 야생 곰의 이야기가.

　하루는 버려진 아기 곰을 데려다가 기르던 어느 목장 주인이 곰이 풀만 먹고 산다고 건강검진을 받으러 왔다. 야생동물을 접할 기회가 별로 없던 나로서는 곰이 왔다기에 반가운 마음에 달려갔다가 그 큰 덩치에 순간 움찔했다. 미국 야생 곰은 생각보다 덩치가 아주 컸다.

채식하는 곰의 각종 검사가 시작되었고 결과는 '이상무'였다. 그런데 건강검진과 무관하게 나는 그때의 경험을 잊을 수가 없다. 곰은 어른 곰이 되었는데도 주인을 잘 따르고 그 집의 아이들과도 잘 어울려 놀고 아주 순했다. 음식과 환경이 정신 건강에 얼마나 큰 영향을 미치는지를 실감하게 된 순간이었다.

지금도 그때를 생각하면 웃음이 난다. 그 유순한 곰을 보고 무서워 벌벌 떨었으니 참으로 머쓱해진다. 그 곰을 진료를 하면서 보니 '아니, 뭐 이 따위 곰이 다 있어!'라고 생각할 정도로 심하게 순했으니까!

어미에게 버림받고 연이어 화상을 입는 등 고통스러웠는데도 살겠다는 스스로의 의지와 주위의 따뜻한 애정이 리틀타이크의 삶을 가능하게 만들었다. 이런 리틀타이크의 모습이 우리에게 삶의 경이로움과 어려움을 헤쳐 나가는 지혜를 제시하는 것 같다. 한 편의 따뜻한 드라마 같은 리틀타이크의 이야기를 지금부터 음미해 보시라!

차지우동물병원 원장 차지우

차 례

서문 | 4

추천사 | 6

어미에게 버림받은 새끼 사자 | 11

병원에 나타난 새끼 사자 | 24

분홍 고양이 핑키 | 33

고기를 거부하는 리틀타이크 | 37

화상을 입다 | 41

리틀타이크의 실종 | 46

동물들의 천국, 히든밸리 목장 | 52

위험한(?) 리틀타이크 | 59

장난꾸러기 고양이 임프 | 64

채식 사자 리틀타이크 | 69

리틀타이크 새끼를 낳다 | 76

동물은 용서를 안다 | 79

리틀타이크가 야생성을 드러내다 | 86

집에 사자가 있으니 주의! | 93

사자와 여행 다니기 | 101

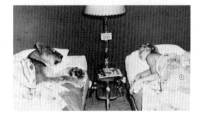

야생동물은 난폭한가? | 108

카메라! 액션! | 117

사자는 '애완'동물이 아니다 | 121

단 한 번의 퍼레이드 | 130

첫눈 | 137

맹수보다 잔인한 것은 인간이다 | 141

썰매 끄는 사자 | 149

사자 교육 | 154

사자를 밟고 차는 사람들 | 164

낚시터 소동 | 171

사, 사자가 나타났다! | 175

음악과 영화를 사랑한 사자 | 177

사자와 함께한 삶 | 181

대중 앞에 서다 | 191

사람을 부르는 특별한 능력 | 200

TV 출연과 예상치 못한 결과 | 204

안녕! 리틀타이크 | 217

리틀타이크는 떠났지만…… | 222

이 책을 세상의 모든 동물을 사랑하는 사람들과
동물보호를 위해 애쓰는 분들에게 바칩니다.
그들은 분명 사랑과 감동으로 보답받을 것입니다.

어미에게 버림받은
새끼 사자

새끼를 죽이는 동물원의 어미 사자

인간이 야생동물인 사자와 함께 사는 건 쉽게 상상할 수 있는 일이 아니다. 게다가 우리는 사자 같은 야생동물을 '애완'동물로 키우면서 남과 다른 걸 뿌듯하게 생각하는 그런 부류의 사람도 아니여서 더욱 그렇다. 우리 부부와 리틀타이크의 만남은 아픈 사연으로 시작된다.

어느 날, 동물원장인 내 친구와 조련사 등 동물원 식구들은 초조한 기색으로 사자 우리 앞을 서성이고 있었다. 암사자의 출산이 임박해 있었기 때문이다. 출산의 고통으로 암사자는 성난 발톱과 어금니를 드러내며 울부짖었고, 종종 쇠창살 밖의 인간들을 향해 격렬하게 돌진했다. 사자가 몸을 날려 쇠창살에 부딪칠 때마다 동물원에 울려 퍼지는 쩡쩡거리는 무서운 쇳소리는 공포스러웠다.

창살 안에서 이리저리 배회하는 난폭한 야수를 달랠 방법이 인간에게는 없다는 걸 그곳에 있는 사람이라면 누구나 알고 있었다. 산통에 지친 어미 사자는 황갈색 눈 가득 고통과 분노를 머금고 있었다.

동물원장은 처음에는 걱정스러운 마음 반, 공포스러운 마음 반으로 이 광경을 지켜보았다. 하지만 시간이 지날수록 그 마음은 점점 동정심으로 변해 갔다. 어미 사자는 지난 7년 동안 매번 새끼를 낳자마자 죽이는 행동을 되풀이했다. 그러니 이번에도 분명 저렇게 힘든 산통 후에 낳은 새끼를 죽일 것이 분명했다. 처참하고 끔찍한 광경이지만 인간에게 잡혀 작은 우리에서 새끼를 낳아야 하는 어미 사자의 심정을 이해하기에 그 마음은 이내 안쓰러운 마음이 되었다.

어미 사자는 다른 사자들과 달리 동물원에 온 이후 내내 인간에 대한 분노를 지우지 못하고 행동으로 표출하고는 했다. 쇠창살로 된 우리에 자신을 가두고 구경거리로 삼는 인간들에 대한 적대감으로 언제나 가득 차 있었고, 그런 이유로 출산 때마다 자기가 낳은 새끼를 절대 산 채로 인간에게 넘겨주지 않았다.

그렇게 어미 사자는 지난 7년 동안 네 번의 출산을 했고, 그때마다 새끼는 어미의 손에 죽어 갔다. 사람들이 들여다보고 있는 쇠창살 안에서의 출산을 안전하지 못하다고 생각했을 것이다.

물론 자연 상태에서도 야생동물들은 출산한 새끼를 죽이고는 한다. 장애가 있거나 선천적으로 약하게 태어난 새끼를 어미가 직접 죽이는 일은 자연의 섭리이다. 하지만 동물원의 동물들이 새끼를 죽이

는 이유는 야생에서와는 조금 다르다. 물론 야생에서와 같은 이유로 죽이기도 하지만 동물원이 안전하지 못하다고 느끼거나 스트레스를 받았을 때 새끼를 돌보지 않고 방치해 죽이거나 스스로 물어 죽인다.

그렇다면 이 어미 사자는 다섯 번째로 낳는 이번의 새끼도 죽이고 말 터였다. 새끼가 태어날 때마다 죽이고 마는 어미 사자를 비정하다고 욕하는 사람도 많았지만, 동물원장의 생각은 달랐다. 그는 야생의 어미 사자들이 사산된 새끼를 앞에 두고 비통하게 울부짖는 것을 여러 차례 보았기 때문이다. 인간이 생각하듯 그들에게 모성애가 부족한 것이 아니다. 어미가 새끼를 죽인다는 것은 분명히 그럴만한 이유가 있다. 그곳이 야생이건 동물원이건 간에.

동물원 사람들은 이번만은 어떻게든 새끼를 살려 보려고 갖가지 방도를 생각해 냈지만 결국 뾰족한 방법을 찾아내지 못하고 안타까운 마음으로 다섯 번째 출산을 지켜보고 있었다. 사람들의 마음은 점점 더 초조해지고 있었다. 지난 네 번의 경험에 따르면 어미 사자가 출산을 하자마자 할 행동이 뻔했기 때문이다. 출산을 마친 사자는 강력한 턱으로 새끼를 문 뒤 축 늘어진 새끼를 쇠창살을 향해 힘껏 내던질 것이고, 결국 태어나자마자 죽임을 당한 새끼가 우리 한 귀퉁이에 널브러질 것이다. 과연 이번에도 그 광경을 지켜보고만 있어야 하나?

그들의 예상은 적중했다. 지독한 산통 끝에 새끼 사자를 출산한 어미 사자는 눈깜짝할 순간에 새끼를 입에 물더니 쇠창살을 향해 힘껏 던졌다. 지난 네 번의 출산 때 보여 준 행동을 똑같이 되풀이하고 있는 것이다. 축 늘어진 새끼가 쇠창살에 부딪혀 바닥으로 툭 떨어지는 순간 사람들은 정신이 퍼뜩 들었다. 이번에도 새끼 사자를 그대로 죽도록 둘 순 없었다. 어떻게든 구해야 했다.

"빨리, 빨리! 새끼 사자를 잡아."

어미 사자가 새끼를 사람들이 서 있는 쪽의 쇠창살로 던지는 순간 동물원 사람들이 달려들었다. 물론 어미 사자도 달려왔다. 짧은 순간 어미 사자와 사람들 사이에 쟁탈전이 벌어졌다. 어미 사자는 재빨리 새끼의 오른쪽 앞다리를 강한 턱으로 세차게 물었지만 사람들도 이번에는 그냥 두고 볼 수 없다는 마음으로 달려들어 새끼의 몸통을 잡는 데 성공했다. 어미 사자와 사람들 간의 사투 끝에 새끼 사자는 결국 사람들의 손으로 넘어왔다.

나는 이 소동이 있었던 다음 날 친구인 동물원장의 호출을 받고 동물원을 찾아갔다.

"이리 와 봐. 네게 보여 줄 게 있어."

친구는 내가 도착하자 나를 끌고 어느 방으론가 향했고, 나는 방에 들어서자마자 바구니에 담겨 있는 태어난 지 채 하루도 되지 않은 새끼 사자를 보았다.

"세상에, 새끼 사자 아냐!"

나는 한달음에 바구니로 다가갔다. 눈을 감고 잠을 자고 있는 듯

한 새끼 사자는 평온해 보였다. 안아 보니 어제 태어났다는데도 묵직했다. 1.3킬로그램이나 나간다는 녀석을 조심스럽게 안아 볼에 댔다. 그 포근한 느낌이란.

"오, 가여운 꼬맹이, 리틀타이크(tyke는 '꼬마, 꼬맹이'라는 뜻이 있다.—옮긴이.)"

어미 사자에게 버림받은 새끼 사자라는 이야기를 듣자 내 입에서는 나도 모르게 이런 말이 튀어 나왔다. 그때 친구가 내게 새끼 사자의 보호자가 되어 달라고 부탁했고, 내 머릿속에는 순간적으로 수많은 생각이 스쳐 지나갔다.

'과연 내가 야생동물을 키울 수 있을까? 목장의 동물들이 위험하지는 않을까? 야생동물을 키운다는 게 과연 합당한 일일까?'

여러 생각이 스쳐 지나갔지만 결국 내 입에서는 "그래, 그럴게."란 말이 튀어 나왔다. 나도 모르게 순간적으로 새끼 사자를 내 삶의 일부로 받아들인 것이다. 이름은 녀석을 보자마자 처음으로 내 입에서 튀어나온 말 '리틀타이크'로 정했다.

가족이 될까?

상쾌한 바람이 구름을 흩어놓고 색색의 나뭇잎을 가볍게 흔드는 그런 날, 나는 피투성이 리틀타이크를 차에 태우고 집으로 차를 몰았다. 강물 위에 한가롭게 떠 있는 나뭇잎들은 바다를 향해 천천히 흘러가고 있었다. 우리 히든밸리 목장과 맞닿아 흐르는 그린 강이 이날 따라 더 잔잔하고 아름답게 반짝이고 있었다. 아마도 평화로운 강변을 따라 차를 몰면서 보드랍고 복슬복슬한 새끼 사자를 키울 생각에, 흥분과 기대로 가슴이 벅차 올라 그랬을 것이다.

집에 도착하니 목장의 여러 동물 친구들이 기다리고 있었다는 듯 리틀타이크를 반겼다. 호기심 많은 공작새는 지붕 위에서, 고양이는 흰 울타리 너머에서 호기심 넘치는 시선으로 관찰하느라 자리를 뜰 줄 몰랐다. 그리고 테리어 종 개 두 마리는 아내 마거릿이 다친 리틀타이크를 건네 받고 살펴보는 동안 주변을 맴돌았다. 목장에는 다양

히든밸리 목장에 막 도착했을 때의 리틀타이크

한 종류의 동물이 살고 있지만 사자는 처음 보니 다들 신기했던 모양이다.

그 와중에 마거릿은 가여운 리틀타이크를 포근히 감싸안았다. 어째서 야생동물을 데려왔는지, 정말로 키울 생각인지 아무것도 묻지 않은 채 어미에게 버려졌다는 말만 듣고도 벌써 마음을 정한 눈치였다. 나는 그런 아내가 고마웠다.

마거릿은 아직 눈도 제대로 뜨지 못한 새끼 사자를 사랑을 담아 쓰다듬었지만 새끼는 그저 엄마 젖만 찾았다. 그 모습이 너무나 안타까워 마음이 쓰렸지만 데려온 이상 동물원으로 되돌려 보낼 수는 없었다.

비록 엄마에게는 버림받았지만 앞으로는 우리 집에서 행복하기를 바랄 뿐이었다. 목장의 동물들은 리틀타이크를 분명 가족으로 받아들여 줄 것이고, 그 속에서 건강하고 강인하게 자라기만 하면 되는 것이다. 다시는 버림받는 일이 없기를…….

이렇게 많은 목장 식구들의 호기심 속에 리틀타이크는 우리 집으로 왔다.

상처 난 다리는 자르는 편이 좋습니다

우리는 리틀타이크의 건강 상태를 알아보기 위해 바로 수의사를 불렀다. 그런데 리틀타이크를 살펴본 수의사는 우리에게 청천벽력 같은 말을 건넸다.

"어미 사자에게 물린 오른쪽 앞다리는 자르는 것이 좋겠습니다. 어미의 날카로운 어금니에 다리관절의 분비기관이 파열되었는데 그 체액이 피부와 살을 썩게 만들 확률이 높습니다."

어미 사자에게서 리틀타이크를 빼앗을 때 어미가 오른쪽 앞다리를 물고 늘어졌다는 이야기를 들었는데 그게 화근이었다. 그냥 두면 더 위험해질 수도 있다는 말에 흔들렸지만 아내와 나는 일단 조금 더 지켜보기로 했다. 태어나자마자 어미에게 버림받은 불쌍한 새끼 사자에게 또다시 다리 하나가 없어지는 아픔을 겪게 할 수는 없었다. 그런 삶은 리틀타이크에게 너무 잔인했다. 비록 우리가 전문가는 아니지만 일단 최선을 다해 보고 다시 결정하기로 아내와 다짐했다.

어미에게 받은 상처 때문에 태어나자마자 누워 있어야만 했던 리틀타이크

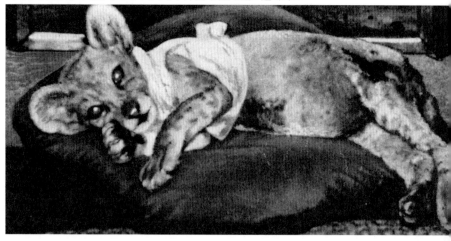

일단 우리는 리틀타이크의 상처 부위에 약을 바른 다음 다리에 부목을 대고 꽁꽁 싸맸다. 아무것도 모르는 녀석은 다리가 갑갑해지자 제법 날카로운 작은 이빨과 발톱으로 붕대를 물어뜯으며 버둥거렸다. 상처를 낫게 하려면 불편해도 그냥 있어야 하는데 그런 상황을 새끼 사자에게 이해시키기란 절대 불가능한 일이었다.

그때 아내가 좋은 아이디어를 생각해 냈다. 아내는 리틀타이크를 위한 특수 의료용 조끼를 즉석에서 발명해 냈다. 한쪽 팔에만 소매를 붙인 조끼였다. 다친 다리는 잘 소독한 후 약을 발라 붕대로 감은 후 소매가 있는 쪽에 넣고, 멀쩡한 다리는 소매가 없는 쪽에 넣으면 리틀타이크가 덜 불편해할 터였다. 부목 대신 고안해 낸 이 조끼는 의외로 효과가 있어서 리틀타이크가 한결 편해졌다.

그런데 곧 조끼의 문제가 드러났다. 상처에서 흐른 진물이 붕대에 스며들면서 상처에 달라붙었기 때문에 약을 바르려고 붕대를 풀 때마다 타이크는 살이 찢겨져 나가는 극심한 고통에 시달려야 했다. 그걸 알기에 우리는 조심조심했지만, 태어난 지 며칠 안 된 새끼 사자가 이틀에 한 번씩 겪어야 하는 이 고통은 참기 힘든 것이어서 리틀타이크도 힘들고, 보는 우리도 힘들었다.

갓난쟁이가 감당하기에는 너무 극심한 고통이기에 우리 부부는 다른 방법을 찾아 헤맸다. 아프지 않게 약을 바르고, 붕대를 감을 적당한 방법이 없을까? 이런 식으로 어린 사자에게 자꾸만 고통을 가한다면 그 대가로 난폭하고 예민한 성격이 될 게 뻔했다. 심리적으로 안정을 줄 수 있는 모종의 조치가 필요했다.

목욕 가운 구조 놀이

리틀타이크에게 우유를 먹이느라 세 시간 간격으로 깰 때마다 우리는 이 문제를 해결하기 위해 머리를 싸맸다. 어떻게 하면 리틀타이크의 고통을 덜어 줄 수 있을까? 그러던 중 한 가지 생각이 퍼뜩 떠올랐다. 상처에 약을 바르고 붕대를 감는 거야 피할 수 없는 일이고, 그 과정 자체를 두렵지 않게 해 줄 수 있어야 했다. 그래서 생각해 낸 방법이 일명 목욕 가운 구조 놀이!

우리 부부는 곧장 새로운 작업에 착수했다. 처치 시간을 최소한으로 하기 위해 거즈를 알맞게 자르고, 접착 테이프도 미리 잘라 옷장 모서리에 붙여 놓았다. 사전 준비 끝! 치료 시간이 짧으면 짧을수록 고통은 줄어들 것이었다.

일단의 준비를 끝낸 후, 나는 아직 잠들어 있는 리틀타이크를 목욕 가운으로 살며시 감싸 마거릿에게 건넸다. 마거릿이 목욕 가운으로 둘둘 싼 타이크를 안고 있는 동안 나는 목욕 가운의 구멍을 통해 타이크의 상처 입은 다리를 조심스레 꺼냈다. 타이크가 놀라지 않게 조심조심 움직이는 게 중요했다.

타이크가 깨서 칭얼거리기 시작할 무렵 재빨리 상처에 댄 낡은 붕대를 잘라내고 약을 바른 다음 새로운 붕대를 감았다. 상처를 처치하는 동안에는 우리 둘 다 절대 입을 열지 않았다. 대신에 마지막 접착

테이프를 붙이는 순간 부드럽게 타이크를 어르기 시작했다.

"우리 타이크가 어디 있을까? 어디 숨었지?"

리틀타이크를 계속 부르면서 손으로는 돌돌 말린 가운을 천천히 풀었다. 그러다가 가운 속에서 나온 타이크와 눈이 마주치면 치료는 계획한 대로 성공! 타이크는 우리에 의해 목욕 가운으로부터 무사히 '구조'되면서 안도의 느낌을 받게 되는 것이다. 일종의 심리적 요법을 접목시킨 새로운 치료 방법이었다.

이 방법은 대성공이었다. 리틀타이크는 자신을 '구조'해 준 것에 대한 감사의 표시로 우리 손을 핥아 주었는데, 그때 고통과 분노의 눈빛은 전혀 찾아볼 수 없었다. 참아 줘서 고맙다, 리틀타이크.

새끼 사자 돌보기는 너무 힘들어!

상처를 치료하는 일 말고도 리틀타이크와 함께 사는 일은 생각보다 쉽지 않았다. 아니 힘들었다고 해야 맞는 말이다.

우리 부부는 평소에도 하루 24시간이 너무 짧다고 느껴질 정도로 바쁘게 살아왔다. 우리의 집인 히든밸리 목장에는 개와 고양이는 물론 소, 말, 공작, 닭, 새 등 돌봐야 할 동물이 많았고, 생활비를 벌기 위해 시내에 작은 냉동창고 가게를 하나 운영하고 있었다. 하지만 벌이가 변변치 않아 목장에도, 가게에도 일을 도와줄 사람을 고용하지 못하는 형편이었다.

아침 9시부터 저녁 6시까지는 가게에 있고, 나머지 시간에는 집에서 동물들을 돌봐야 하니 정말 하루가 24시간인 게 야속할 따름이었다. 게다가 가게에 찾아온 손님들을 일일이 상대하다 보면 언제나 몸과 마음은 녹초가 되곤 했다. 이런 상황에서 아픈 리틀타이크를 돌봐야 하니 그야말로 전쟁이었다.

일단 집에 아픈 타이크를 혼자 둔다는 것은 위험한 생각인 것 같았다. 그래서 우리는 타이크를 매일 가게로 데리고 나갔다. 다행히 가게 뒤편에 작은 공간이 있어서 그곳에서 타이크에게 우유를 먹이고 상처를 소독하곤 했다. 장소가 협소했지만 그래도 함께 있을 수 있으니 안심이 되었다. 우리가 일하는 동안 리틀타이크는 가게에서 낮게 흘러나오는 라디오 소리를 들으며 그곳에서 시간을 보냈는데 훗날 타이크가 음악을 좋아하게 된 건 아마도 이때의 경험 때문인 듯하다.

저녁이 되어 가게 일이 끝나면 리틀타이크를 스웨터에 싸서 집으로 돌아왔다. 물론 집에 오면 동물들을 돌보고 청소를 해야 하는 목장 일이 우리를 기다리고 있었다. 목장 일을 하다가 날씨가 좋다고 느껴지면 타이크를 밖으로 데리고 나왔다. 부드러운 풀밭 위에 타이크를 조심스럽게 누이고 우리는 부지런히 일을 했다. 하지만 그마저도 그리 오래 가지 못했다. 이내 타이크는 애처로운 소리로 울부짖으며 배고프다는 신호를 보냈다.

"알았어, 리틀타이크. 금방 끝나. 조금만 기다려 줘, 조금만."

이렇게 달래면 리틀타이크는 조금은 참아 주었다. 하지만 그게 그리 오래가지는 않았다. 다시 리틀타이크의 조르기가 시작되면 우리는

별 수 없이 일하던 손을 놓고 타이크에게 우유를 먹여야 했다. 품에 안고 따뜻한 우유를 먹이면 녀석은 기분 좋은 소리를 내며 우유를 빨곤 했다.

이처럼 야생의 동물을 인간이 돌보기란 쉬운 일이 아니다. 특히 우리처럼 동물 전문가가 아닌 평범한 사람들이 동물을 돌봐야 할 땐 더욱 그렇다. 하지만 어미가 버린 불쌍한 새끼 사자를 포기할 수 없어서 우리 부부는 녹초가 되어 가며 타이크를 돌봤다. 선택의 여지가 없었던 것이다.

동물 세계에서는 먹이부터 배변까지 모든 문제를 어미가 해결해 준다. 그러니 우리가 타이크의 부모가 되기로 자처한 이상 배변도 책임져야만 했다. 우리 부부는 사자에 관한 책을 사서 열심히 공부했는데 리틀타이크가 변비에 걸리자 책에 나온 대로 배변을 유도했다. 책에는 새끼가 변비에 걸리면 어미는 원하는 결과가 나올 때까지 새끼의 항문을 핥아 준다고 했다. 그러니 우리도 그 비슷한 처치를 해 주어야 했다. 다리가 불편해서 움직이지 못해 운동 부족으로 변비에 걸린 리틀타이크를 잡아다가 미지근한 물에 적신 부드러운 티슈를 이용해 항문을 자극했다. 그랬더니 정말 변이 나왔다. 얼마나 다행이었는지. 어설픈 어미 사자 노릇을 자처한 우리 부부 덕분에 리틀타이크가 생체 리듬을 되찾을 때마다 우리는 정말 뿌듯했다.

상처도 아물고 변도 무리 없이 보게 되면서 리틀타이크는 건강해지기 시작했다.

병원에 나타난
새끼 사자

아내 마거릿의 수술

리틀타이크가 서서히 건강해지고 우리 부부와 함께하는 생활에 적
응해 가던 무렵 또 큰일이 터졌다. 아내가 몸에 이상이 생겨 수술을
받게 된 것이다. 심지어 수술을 받을 병원이 시내에서도 조금 더 떨
어진 곳에 있었다.

아내의 입원으로 내가 해야 할 일이 더 많아졌다. 목장의 동물을
돌보는 일은 전적으로 내 책임이었고, 가게 일 역시 내가 감당해야
했다. 직원을 뽑을 처지도 아니었지만 뽑는다고 해도 익숙해지기까
지는 시간이 걸릴 테니 그냥 혼자 하는 게 나을 것 같았다.

당시 나의 하루 일과는 이랬다. 새벽 5시에 일어나 목장의 수많은
동물에게 먹이를 주는 것으로 하루를 시작했다. 이 일을 마치면 적어
도 7시에는 아내를 보기 위해 부랴부랴 병원으로 가야 했다. 잠시 아

내를 만나 상태를 본 후에 9시에 가게 문을 열어야 하므로 서둘러 시내로 돌아왔다. 우리 가게는 성격상 조금이라도 문을 늦게 열어서는 안 되었다. 늦었다가는 항상 급한 고객이 먼저 와 발을 동동 구르며 기다리고 있었기 때문이다.

그 정도로 정신없이 하루를 보냈기 때문에 더 이상 어떤 일도 일어나서는 안 되었다. 그래서 나는 극도로 예민해져 가게에 있는 동안에 전화벨이 울리면 깜짝깜짝 놀라곤 했다. 혹시 아내에게 무슨 일이 생긴 건 아닌지, 목장에 무슨 일이 생긴 건 아닌지 두려웠기 때문이다. 그렇게 낮 시간을 보내다가 오후 6시가 되면 가게 문을 닫고 목장으로 돌아가 목장 일을 처리하고 집안일을 했다. 그런 다음 다시 병원으로 달려갔다.

정말 기막힌 하루 일정 아닌가. 그런데 내게는 책임져야 할 일이 하나 더 있었으니 바로 리틀타이크였다. 이런 나의 하루 일정 동안에도 리틀타이크를 내내 옆에 붙이고 다니면서 규칙적으로 먹이고 재워야 했다. 하루 중에 내가 타이크와 떨어져 있는 유일한 시간은 아내를 만나기 위해 병실에 들어갈 때뿐이었다. 동물은 병원 출입을 할 수가 없었기 때문에 타이크는 차 안에 혼자 남겨져 구슬피 울며 나를 기다려야 했다. 불쌍했지만 어쩔 수 없었다.

악화되는 아내의 병

그런데 좋아져야 할 아내의 병이 점점 더 악화되어 갔고, 수혈을 받아야 하는 상황에 이르렀다. 병원을 찾은 어느 날 아침, 간호사는 수혈을 할 정도로 아내의 상태가 나빠졌다는 소식을 전했고 나는 당장 헌혈을 하겠다고 말했다. 나는 그때까지 수차례 헌혈을 해왔기 때문에 별문제 없을 거라고 생각했다. 그런데 문제는 그사이 너무나 바빠진 상황 탓에 스트레스가 심하게 쌓여 번번이 끼니를 걸렀고 그날도 아침을 먹지 못하고 갔다는 것이었다.

간호사는 정맥을 찾느라 한동안 애를 쓴 끝에 겨우 570cc의 피를 뽑은 후 20분간 휴식을 취하라는 말과 함께 사라졌다. 하지만 그 시기 내게 20분은 영원처럼 긴 시간이었다. 어서 일어나 가게에 가도 이미 늦은 상황이었다. 나는 간호사가 나가자마자 조용히 침대를 빠져나왔는데 한 걸음도 떼지 못하고 바닥에 쓰러지고 말았다.

정신은 맑았지만 도대체 다리가 움직이질 않았다. 하지만 가게 문을 열어야 한다는 생각에 몸을 지탱하지 못하는 다리를 질질 끌고 병원 밖으로 나갔다. 그사이 차 안에서 나를 기다리던 리틀타이크는 울다 지쳐 경련을 일으키고 있었다. 이러니 내가 어찌 편히 침대 위에서 휴식을 취할 수 있었겠는가.

평소보다 가게 문을 늦게 열었지만 다행히 낮에는 그럭저럭 버틸 수 있었다. 그날 밤 나는 피곤에 지쳐 완전히 곯아떨어졌고, 타이크도 내 침대 옆 바구니 안에서 잠이 들었다. 하지만 그 평화도 잠깐, 나는 여느 때와 마찬가지로 편하게 밤잠을 잘 수 없었다. 마치 알람시계처럼 리틀타이크가 3시간마다 배고프다고 울어대며 꼬박꼬박

나를 깨웠기 때문이다.

다음 날 병원에 가기 전에 나는 타이크를 수의사에게 맡겼다. 도저히 그 상황에서 리틀타이크 뒷바라지까지 할 자신이 없었고 다시 병원 밖 차에서 나를 기다리다 지쳐서 경련을 일으키게 할 수도 없었기 때문이다. 하지만 이 방법은 아무 소용이 없었다. 리틀타이크는 내가 사라지자마자 미친 듯이 울어대기만 하고 먹지를 않아서 동물병원 사람들을 곤란하게 만들었다. 결국 다시 타이크를 데려오고 말았다. 이를 어찌해야 할까? 뭔가 조처가 필요했다.

수혈 덕분인지 아내의 병세가 호전되자 나는 새로운 방법을 생각해 냈다. 먼저 의사의 의료 가방을 닮은 작은 가방을 하나 구입한 후 그 안에 종이 기저귀를 깔았다. 그런 다음 리틀타이크를 그 안에 편안하게 눕혔다. 그리고는 병원으로 잠입!

들켰다!

병원에 도착한 나는 가방을 든 채 서둘러 아내가 있는 병실로 직행했다. 들킬까 봐 얼마나 마음이 조마조마한지 계단을 껑충껑충 뛰어 올라갔다. 마침내 병실에 도착해 가방을 열자 마거릿도 타이크를 반기고, 타이크도 마거릿을 만나니 마음의 안정을 찾는 듯했다. 나는 아내에게 타이크와 미리 준비한 따뜻한 우유를 건네고 옆에서 잠시 쉴 수 있었다. 이 얼마나 평화로운 시간인가.

이런 비밀 작전이 며칠 동안은 꽤 순조롭게 이루어졌다. 하지만 며칠이 지난 어느 날, 리틀타이크에게 우유를 먹이고 있는 마거릿 옆에서 내가 깜빡 졸고 있는 사이 간호사가 병실에 들어오면서 새끼 사자 비밀 반입 작전은 들통이 나고 말았다. 간호사가 너무 조용하게 들어왔기 때문에 들어오는 걸 아무도 눈치 채지 못했던 것이다.

"저기, 안고 계신 것이 뭔가요?"

얼마나 놀라고 가슴이 쿵쾅거렸는지 나는 그 질문을 받은 순간을 지금도 기억하고 있다.

"아, 네, 저어, 새끼 사자입니다."

눈앞에 사자가 있는데 사자가 아니라고 거짓말을 할 수도 없는 노릇이었다. 나는 기어들어가는 목소리로 대답했다.

그런데 놀랍게도 간호사가 웃음을 짓는 게 아닌가. 물론 웃음이란 너무도 많은 의미를 담고 있어서 정확하게 파악하기가 어려웠지만

적어도 불쾌한 표정은 아닌 것 같았다.

피 말리는 시간이 지나가고 있었다. 담당 간호사는 모호한 웃음을 남긴 채 사라지곤 몇십 분째 나타나지 않았다. 마침내 30분쯤 지났을 때 그 층의 간호사들이 호기심 가득한 얼굴로 마거릿의 병실에 우르르 몰려들었다. 간호사들은 새끼 사자를 보고 만지느라 아내 침대 옆을 떠날 줄 몰랐다.

"어머머, 정말 사자네."

"새끼 사자가 정말 귀엽네요."

이렇게 와자지껄 흥분하던 간호사들은 떠나며 이렇게 일러 주었다.

"조심하세요. 곧 있으면 간호부장이 와요."

이거야말로 불행 중 다행이라 생각하면서 나는 우유를 먹다 만 새끼 사자를 주섬주섬 가방에 집어넣은 채 병원을 빠져나왔다.

소문은 금세 퍼져 마침내 병원 간호사가 모두 타이크를 알게 되었지만, 우리는 용케도 간호부장을 피해 병원을 들락거렸다. 하지만 꼬리가 길면 잡히는 법. 마침내 그날이 오고야 말았다.

그날도 나는 리틀타이크를 가방에 넣은 채 복도를 급히 지나가고 있었다. 그런데 하필이면 반대편에서 걸어오는 간호부장과 딱 마주치고 말았다.

"실례합니다. 방금 무슨 소리를 들은 것 같은데요?"

간호부장은 가던 길을 멈추고 내 앞에 서더니 이렇게 물었다. 드디어 올 것이 왔군. 나는 포기하는 마음으로 리틀타이크를 가방에서 꺼내 간호부장에게 내밀었다. 자포자기한 심정이었다.

리틀타이크를 건네받은 간호부장은 가방도 달라고 했다. 나는 잔뜩 죄지은 표정으로 가방을 건넸는데 간호부장이 갑자기 가방에서 우유병을 꺼내 들었다. 그러더니 복도 옆 의자에 앉아 능숙한 솜씨로 우유병을 타이크에게 물렸다.

나는 순간 긴장이 탁 풀려 복도에 털썩 주저앉고 말았다. 그때부터 새끼 사자의 병원 출입은 공공연한 비밀이 되었고, 리틀타이크는 병원에서도 많은 사람들에게 사랑을 받았다.

리틀타이크가 잘 자랄 수 있을까?

우여곡절 끝에 마거릿은 몇 주 후 퇴원했다. 물론 마거릿은 집에서도 여전히 많은 휴식이 필요한 상태여서 우리의 일상이 완전히 예전으로 돌아가기에는 시간이 조금 더 걸렸지만 마거릿이 집에 있는 것만으로도 내게는 큰 위안이 되었다. 무엇보다 아침저녁으로 리틀타이크를 데리고 병원을 드나드는 일을 하지 않아도 된다는 것만으로도 내게는 큰짐이 덜어진 셈이었다.

마거릿이 빨리 예전의 자리로 돌아오는 데에는 목장 동물들의 역할이 가장 컸다. 녀석들은 마거릿을 보자마자 예전처럼 돌아오라고 아우성을 쳤다. 너구리는 수십 마리의 꿩, 공작, 닭과 어울리며 소란을 피웠고, 사슴과 거위는 밥을 달라고 문 앞에 모여들었다. 심지어 스컹크까지 뒤뚱거리며 나타나 끈기 있게 먹을 차례를 기다렸다. 이

렇게 자기의 손을 필요로 하는 가족들이 있으니 어찌 마거릿이 편안히 침대에 누워 있을 수 있었겠는가. 결국 마거릿은 예상보다 빨리 활기찬 목장의 일상으로 돌아왔다.

마거릿도 돌아오고 목장에는 다시 평화가 찾아온 것 같았지만 내게는 여전히 걱정거리가 하나 있었다. 바로 리틀타이크였다.

'과연 인간 품에서 리틀타이크가 잘 자랄 수 있을까?'

동물원에 갈 때면 우리 속에 갇혀 세상을 향해 울부짖는 맹수들을 보았다. 과연 우리 손에서 자란 리틀타이크는 어떤 미래를 맞게 될까? 지금은 고양이마냥 작지만 동물원의 사자들처럼 거대해지면 어떻게 해야 할까? 지금처럼 거실의 카펫 위에서 장난치는 것은 상상도 할 수 없을 터였다.

나는 걱정이 밀려올 때면 타이크를 거실 바닥에 내려놓고 조용히 쳐다보았다. 태어나자마자 어미에게 버림받고, 크게 다쳐서 생사를 넘나들던 불쌍한 이 녀석이 과연 잘 자라 줄까? 그럴 때면 나는 영락없이 자식 걱정에 전전긍긍하는 부모의 모습이 되었다.

리틀타이크는 이제 겨우 힘겹게 혼자서 머리를 가눌 수 있게 되었고, 눈이 마주치면 상처 입은 다리로 우리에게 다가오려고 애쓰곤 했다. 그런 모습만 봐도 안쓰러운데 이 녀석의 앞에는 또 어떤 시련이 기다리고 있을까? 그럴 때면 나는 녀석을 번쩍 들어 뺨에 대고 이렇게 속삭여 주었다.

"넌 동물의 왕이야. 동물의 왕 사자라고 리틀타이크. 다 잘될 거야. 기운을 내렴."

그건 리틀타이크를 끝까지 책임지겠다는 우리의 다짐이기도 했다.

분홍 고양이
핑키

사자와 고양이의 우정

리틀타이크가 집에 오기 3개월 전쯤 우리 집의 얼룩 고양이가 새끼를 낳았다. 어미 고양이는 출산 장소로 창고의 다락을 선택했는데 새끼를 낳은 날 새끼를 잘 낳았나 보려고 다락에 올라가 봤더니 분홍색 피부의 새끼 고양이들이 올망졸망 모여 있었다. 갓 태어난 고양이를 처음 본 우리 부부는 털이 하나도 없는 분홍색 피부의 새끼들이 신기해서 한참을 들여다보았다. 언뜻 보기에는 새끼 쥐처럼 보일 정도로 투명한 피부의 고양이 새끼들이 그렇게 신기할 수가 없었다.

이 녀석들은 무럭무럭 자라 처음의 모습은 온데간데없고 아름다운 긴 털을 자랑하게 되었다. 그중 한 녀석이 우리와 함께 계속 살게 되었는데 이 녀석은 신기하게도 털이 전체적으로 연한 분홍색이었고, 목 주위에는 아름다운 하얀 털을 자랑하듯 달고 있었다. 분홍색 털을

가진 고양이를 한 번도 본 적이 없는 우리 부부는 녀석의 이름을 핑
키라고 지어 주었다.

그리고 이 분홍 고양이 핑키는 리틀타이크의 가장 좋은 친구가
된다.

우리가 처음으로 리틀타이크를 목장으로 데리고 나온 날, 핑키는
호기심 가득한 눈으로 리틀타이크에게 조심스럽게 다가갔다. 잠시
상대를 살피는가 싶더니 이내 리틀타이크에게 기대는 것이 아닌가.
그러더니 그순간부터 핑키는 마치 거머리처럼 타이크에게 딱 붙어
다녔다. 타이크가 있는 곳에 핑키가 있었고, 핑키가 있는 곳에 타이
크가 있었다. 놀 때도 잠을 잘 때도 둘은 항상 함께였다. 사자와 고양

이, 어찌 보면 어울리는 그림이었다.

우리 부부는 일을 하러 가게에 나갈 때에도 리틀타이크와 핑키를 함께 데리고 다녔다. 절대로 떨어지지 않으려 하니 리틀타이크만 데리고 갈 수 없는 노릇이었다. 라디오가 흘러나오는 가게 뒤편에서 둘은 함께 놀고, 함께 잠들었다. 서로의 몸을 휘감은 채 소파에서 잠든 리틀타이크와 핑키를 보는 건 일상적인 일이 되어 버렸다.

덕분에 가게에서 리틀타이크를 돌보는 게 그다지 어렵지 않았다. 가게 뒤편에서 핑키와 잘 지내고 있기 때문에 시간에 맞춰 우유만 챙겨 주면 되었으니까. 게다가 이 시기 타이크의 식사 준비는 분유 반 캔에 따뜻한 물만 섞으면 되는 간단한 일이었다. 물론 그게 3시간 만에 한 번씩 자주 돌아온다는 게 문제였지만.

이렇게 우유를 타 주는 일이 반복되다 보니 녀석은 물 따르는 소리에 예민해지기 시작했다. 귀를 기울이고 있다가 그 소리만 들리면 그게 곧 먹을 것이 온다는 의미임을 파악했기 때문이다. 똑똑한 리틀타이크. 하지만 이게 나중에 리틀타이크에게 또 다른 시련을 안겨 주리라고 우리는 상상도 하지 못했다.

그렇게 하루 종일 가게 뒤편에서 지내다가 저녁이 되어 목장으로 돌아오면 타이크와 핑키는 비로소 안락한 시간을 보냈다. 거실에 두 녀석을 내려놓으면 둘은 마치 약속이나 한 듯 거실을 가로질러 난로 가로 향했다. 그런 다음 어서 불을 지피라는 듯이 난로 앞에서 왔다 갔다하며 압력을 행사했다. 그 모습이 마치 연기자가 무대 위에서 연기를 하듯 아주 결연해 보여서 바로 그 뜻에 따를 수밖에 없었다.

"알았다, 알았어. 지금 나무 넣잖아."

우리가 큰 통나무를 가져다가 난로에 불을 지피기 시작하면 그제 서야 리틀타이크는 의자로 가서 쿠션을 난로 앞으로 질질 끌고 왔다. 그런 다음 따뜻해진 난로 앞에 쿠션을 내려놓고 핑키와 올라 앉아서 큰 눈으로 우리를 쳐다보았다. 그런데 그 눈빛이 따뜻하게 해 줘서 고맙다는 뜻인지, 자기 말을 잘 들어서 착하다는 뜻인지는 알 수 없 었다. 아마도 후자가 아니었을까?

고기를 거부하는
리틀타이크

고기, 뼈, 피를 모두 거부하다

타이크가 우리 집에 온 지 3개월이 지나자 다리의 상처는 눈에 띄게 좋아졌다. 이제 리틀타이크는 자기 마음대로 움직여도 될 정도로 몸 상태가 좋아졌고, 자기 다리가 아프다는 것을 스스로 알고 조심할 정도로 정신적으로도 조금 더 자랐다.

하지만 우리에겐 이유식을 시작해야 하는 또 다른 어려운 숙제가 남아 있었다. 그전까지는 식사 시간이 잦아도 따뜻한 물에 분유만 타서 주면 되니까 비교적 어렵지 않은 일이었다. 하지만 이젠 이유식을 만들어 줘야 했다. 이유식은 슬슬 어른 사자의 식사로 가기 위한 준비를 시작해야 하는 중요한 단계이기 때문에 소홀히 할 수 없었다.

우리는 가장 먼저 타이크가 가장 아끼는 인형 하나만 남기고 나머지 인형을 집에서 모두 치웠다. 대신에 금방 도축한 소에서 발라낸

신선한 소뼈를 인형 대신 놓아두었다.

"리틀타이크, 이젠 인형 말고 이걸 갖고 놀아, 알았지?"

하지만 리틀타이크는 뼈에서 나는 강렬한 피 냄새를 거부했다. 소뼈를 거들떠보지도 않고 거기서 풍겨 나오는 냄새조차 견디지 못했다. 심지어 그 냄새 때문에 먹었던 우유를 몽땅 토하기도 했다.

난감한 일이었다. 하는 수 없이 우유에 시리얼을 섞어서 주자 그건 받아들여서 그렇게 이유식을 시작했다. 하지만 그것은 미봉책이었고, 어찌됐든 고기를 먹이기 시작해야 진정한 이유식이 될 것이었다.

그러나 소뼈도 거부하는 타이크에게 고기를 먹일 수 있을까? 사자는 고기를 먹어야 살 수 있다고 믿었던 우리는 타이크에게 고기를 먹

이기 위해 온갖 방법을 강구했지만 계획은 번번이 실패했다.

결국 우리는 뉴욕동물원의 동물원장에게 도움을 요청했다. 동물원장은 우선 거부감 없이 피 냄새와 친해져야 하니 우유를 먹일 때 생고기에서 피를 몇 방울 짜내어 섞어 보라는 조언을 해왔다.

'왜 그 생각을 하지 못했지?'

우리는 곧바로 타이크가 가장 좋아하는 우유에 고기 핏방울을 열 방울 정도 섞어서 먹여 보았다. 하지만 그 시도도 실패였다. 리틀타이크는 피냄새가 나자 우유병을 아예 입에도 대려고 하지 않았다. 열 방울에서 다섯 방울로, 다섯 방울에서 세 방울로, 마침내 딱 한 방울만 섞어 보았지만 여전히 리틀타이크는 우유를 거부했다.

어떤 전문가는 새끼들은 손바닥에 담은 우유를 잘 먹으니 두 손바닥을 맞대 한쪽에는 우유만, 반대쪽에는 다진 고기를 조금 섞은 우유를 줘 보라고 조언했다. 우유를 핥아먹다가 자기도 모르게 고기를 먹을 수도 있다는 것이었다. 하지만 이 또한 헛된 노력이었다. 리틀타이크는 아무리 배가 고파도 고기가 섞인 우유 쪽으로는 고개도 돌리지 않았다.

그래서 우리 부부는 작전을 바꿨다. 고기를 먹이려 애쓰기보다 먼저 리틀타이크가 고기 냄새와 친해지는 방법을 써보기로 한 것이다. 우리는 근처 정육점 주인에게 수건을 빌려서 그 수건으로 손을 닦은 다음 타이크를 안으려 했다. 그런데 타이크가 슬슬 우리를 피하는 것이 아닌가.

"타이크, 나야, 이리 와, 리틀타이크."

아무리 불러도 피할 뿐만 아니라 공포에 질린 눈으로 소파 한 구석으로 몸을 숨기더니 덜덜 떨기 시작했다. 세상에! 결국 이 방법도 실패였다. 고기를 먹이기는커녕 타이크에게 마음의 상처만 안겨 준 꼴이 되고 말았다. 이 일 이후 우리는 리틀타이크와 다시 친해지기 위해 손을 비누로 빡빡 닦고 또 닦아야 했다.

결국 리틀타이크는 고기가 들어가지 않은 우유병을 물고서야 가장 좋아하는 인형을 옆에 끼고 단짝 핑키와 함께 쿠션 위에서 잠들었다.

화상을
입다

화상으로 또다시 고통을 겪다

그해 크리스마스 이브에 우리 부부에겐 멋진 계획이 있었다. 리틀
타이크와 함께 다른 도시에 살고 있는 친구네 집을 방문하는 것이었
다. 리틀타이크와 함께 크리스마스 모임에 가다니! 우리는 조금 들떠
있었다.

저녁 무렵 떠날 시간이 다가오자 우리는 떠날 준비로 바빴다. 나는
가게 닫을 준비를 했고, 그사이 마거릿은 샤워를 하려고 가게 뒤편으
로 들어갔다. 우리 가게의 뒤 공간은 꽤 넓어서 리틀타이크와 핑키가
쉬면서 놀 수 있는 공간도 있고, 요리를 할 수 있는 스토브가 있는 부
엌과 샤워실도 있었다. 마거릿은 샤워를 후딱 하고 난 후 핑키와 타이
크에게 바로 밥을 줄 생각으로 스토브를 켠 다음 샤워실로 들어갔다.

그런데 그게 화근이었다. '물 흐르는 소리는 밥 먹는 시간'이라고
알고 있는 리틀타이크는 샤워실의 물소리가 들리자 흥분하기 시작했

다. 소파에서 잠을 자던 리틀타이크는 벌떡 일어나 밥을 먹으러 가려고 부엌 선반으로 점프를 했다. 그 시절 타이크는 마루 위를 걸어 다니는 법 없이, 주로 가구 사이사이를 점프해 다니곤 했으니 너무나 당연한 행동이었다. 그런데 타이크가 착지한 곳이 하필 뜨겁게 달궈진 스토브였다.

피가 얼어붙는 것 같은 찢어지는 비명 소리!

가게 뒤로 달려간 나는 극심한 고통으로 몸부림치는 어린 생명체를 발견했다. 나보다 먼저 달려와 리틀타이크가 놀라서 스토브에서 튕겨져 나오는 순간을 본 마거릿은 그 자리에서 얼어붙고 말았다. 타이크의 네 발바닥 피부는 모두 벗겨져 떨어져 나갔고, 배에는 가로 10센티미터, 세로 15센티미터의 줄무늬 모양의 화상이 생겼다.

우리는 재빨리 응급처치를 한 후 병원으로 달렸다. 가는 내내 태어난 지 채 넉 달도 되지 않은 타이크에게 또다시 고통을 안겨 줬다는 자책감에 시달렸다. 병원에서 화상 치료를 받은 후 약을 받고 주의 사항을 들은 우리는 집으로 향했다. 우리에게 이미 크리스마스는 아무 의미도 없었다. 그저 슬프기만 했다.

핑키의 지극 정성 타이크 돌보기

화상 상처에서는 진물이 나오기 때문에 리틀타이크의 잠자리에는 흡수가 잘 되는 면 소재의 큰 종이를 깔아 주었다. 또한 화상은 고통이 극심하기 때문에 타이크는 내내 신음 소리를 냈는데 이때 핑키와

의 우정이 빛을 발했다.

핑키는 언제나처럼 리틀타이크 옆을 지켰는데 리틀타이크가 조금이라도 아프거나 불편한 소리를 내면 벌떡 일어나 타이크를 핥았다. 그러다 타이크가 잠드는 걸 확인하고 나서야 핑키도 겨우 눈을 붙일 정도로 리틀타이크를 지극 정성으로 돌봤다.

핑키는 언제나 리틀타이크 옆을 맴돌았다. 타이크가 통증으로 울기 시작하면 바로 달려가 달래 줘야 했기 때문이다. 핑키는 한밤중에도 15분 간격으로 이런 일을 반복했고 정말 온 정성을 다해 보살핀다는 게 진심으로 느껴졌다.

핑키의 지극 정성은 눈물겨웠지만 결국 병은 타이크의 문제였다. 태어날 때의 상처가 거의 나아가던 순간에 또 상처를 입은 타이크는 힘겨운 투쟁을 이어 나갔고 그 모습은 너무나 불쌍했다. 그리고 미안했다. 타이크가 상처 입은 다리로 다시 걸음을 뗄 수 있기까지는 그

로부터 대략 6주가 걸렸고, 리틀타이크는 그동안 아무것도 하지 못한 채 무기력하게 누워 있어야만 했다. 6주가 지난 후 타이크는 살아가기 위한 공부를 처음부터 다시 시작해야 했다.

마침내 타이크가 화상 입은 상처에서 완전히 벗어난 것은 생후 9개월 때였다. 다른 새끼 사자들은 태어날 때부터 누렸던 다리의 자유를 타이크는 태어나 9개월이 지나서야 맛보게 된 것이다. 붕대를 제거하고 자유로워진 순간 타이크는 잠시 멍하니 서 있을 정도로 가벼워진 다리를 꽤 어색해했다. 다리가 자유로워지자 당시 생후 9개월의 타이크는 체중이 30킬로그램이나 나갔는데도 그 육중한 몸으로 금세 목장의 다른 동물들과 친해져 뒤섞여 놀기 시작했다.

사라진 핑키

그러던 어느 날이었다. 우리는 가게 문을 닫고 집으로 돌아와 평소처럼 목장의 잔일을 하고 있었다. 그런데 갑자기 전화가 와 시내에 나가야 할 일이 생겼고, 우리는 급한 마음에 핑키를 챙기지 못하고 타이크만 차에 태우고 목장을 출발했다. 평소 핑키도 드라이브를 좋아해 항상 데리고 다녔는데 그날은 바쁜 마음에 두고 나갔다. 그런데 그게 우리가 핑키를 마지막으로 보는 날이 될 줄은 꿈에도 몰랐다. 우리가 볼일을 보고 집에 돌아왔을 때는 이미 핑키가 사라진 뒤였다.

평소 핑키를 본 사람들은 누구나 핑키를 데려가고 싶어했다. 희귀한 분홍색 털도 예뻤지만 핑키는 사람이나 동물 누구에게나 친절했

기 때문에 한 번 보면 반하고 말기 때문이다. 그런 사람 중 누군가가 우리가 잠시 집을 비운 사이 핑키를 훔쳐간 것이 틀림없었다. 그렇지 않고서야 항상 집에서 얌전하게 우리를 기다리던 핑키가 사라질 이유가 없었다.

그런데 문제는 리틀타이크였다. 타이크는 핑키가 사라졌다는 사실을 안 순간부터 몇 달 동안 음식도 거의 먹지 않고 슬픔에 겨워 울기만 했다. 나와 아내는 저러다가 죽는 게 아닐까 걱정할 정도였다. 음식을 거의 입에 대지 않으니 타이크는 무섭게 야위어 갔다. 만약 핑키를 데려간 사람이 핑키를 애타게 찾으며 울어대는 타이크의 모습을 봤다면 미안해서라도 핑키를 되돌려 주었을 것이다.

타이크는 핑키 외의 다른 고양이는 거들떠보지도 않고 오로지 핑키만 찾았다. 새로운 고양이가 다가오면 서둘러 다가가 세심하게 냄새를 맡아보고 관찰했지만 핑키가 아니라는 걸 확인하고는 이내 슬픈 얼굴로 돌아섰다.

그런 타이크를 보는 우리의 마음도 안타까웠지만 끝까지 리틀타이크 최고의 친구 핑키는 돌아오지 않았다.

리틀타이크의
실종

집을 나간 새끼 사자를 찾습니다

완치된 다리에 익숙해지자 리틀타이크는 집 근처를 탐험하기 시작했고, 조금씩 집에서 먼 곳으로 산책을 나갔다. 탐험을 나섰던 타이크는 밥때가 되면 꼬박꼬박 집으로 들어왔고, 물론 잠도 집에서 잤다. 야생 탐험은 야생동물 본연의 모습이므로 우리 부부는 그런 행동을 막지 않았다. 물론 집보다는 위험하다고 생각했지만 밥때가 되면 어김 없이 목장으로 돌아왔기 때문에 마음을 놓고 있었다. 그러던 어느 날, 일이 터지고 말았다. 산책을 나간 타이크가 밥때가 지나도 돌아오지 않던 것이다.

우리는 목장 주변의 수풀이 우거진 언덕과 강변를 샅샅이 뒤졌다. 하지만 어느 곳에도 리틀타이크가 지나간 흔적이 없었다. 주위가 서서히 어두워지기 시작했지만 타이크를 찾을 수 없었고, 우리는 이러

다가 타이크를 잃어버릴지도 모른다는 생각에 두려워지기 시작했다. 나와 아내는 미친 듯이 타이크를 부르며 찾아다녔지만 그 어느 곳에서도 사자 특유의 깊게 울리는 울음소리를 들을 수 없었다.

더 이상 두 사람의 힘만으로는 타이크를 찾을 수 없다고 판단한 우리는 다급하게 지역 라디오 방송국에 전화를 걸어 도움을 청했다. 제보를 받은 사람은 길 잃은 새끼 사자를 찾아달라는 말에 처음에는 의아해했지만 곧 진실임을 알고 방송을 통해 리틀타이크의 이야기를 내보내기 시작했다.

"집을 나간 새끼 사자를 찾습니다. 이름은 리틀타이크이고 암사자입니다……."

특히 새끼 사자를 보더라도 절대 놀라지 말고 총으로 쏘지 말아 달라는 부탁을 간곡히 전했다. 리틀타이크는 온순하며 드라이브를 좋아하는 길들여진 새끼 사자라는 내용이 라디오를 통해 끊임없이 흘러나왔다. 만약 새끼 사자를 발견하거나 보호하고 있는 사람을 발견하면 즉시 제보해 달라는 내용과 함께 혹시라도 타이크가 배고파 지쳐 있을지도 모른다는 생각에 발견 후에 사자에게 먹이를 주는 방법에 대해서도 자세히 설명해 주었다.

방송의 힘은 생각보다 엄청났다. 방송을 들은 사람들이 소식을 전해 오기 시작했는데 인근 다른 주에서까지 특이하게 생긴 동물을 보았다는 제보가 수도 없이 들어왔다. 우리는 이런 사람들의 응원에 힘입어 제보가 들어온 것 중 신빙성이 있는 곳 주변을 중심으로 샅샅이 뒤지기 시작했다.

복장의 이웃들도 타이크 찾는 일을 도와주었고, 친구들은 제보가 들어온 곳 중에서 멀리 떨어진 곳을 도맡아 찾아가 주었다. 방송의 도움으로 힘을 얻은 우리는 밤을 꼴딱 새서 리틀타이크가 있을 만한 곳을 샅샅이 뒤졌다.

수색 중지! 포기해야 할까?

하지만 날이 밝도록 아무런 소득이 없었다. 제보는 많았지만 정작 리틀타이크를 보호하고 있다는 사람은 나타나지 않았고, 아무리 찾아도 타이크의 흔적을 찾을 수 없었다. 하루, 이틀이 지나고 3일째가 되어도 감감무소식. 타이크를 찾을 만한 희망은 어디에도 없었다.

나흘째가 되던 날 우리 부부는 갑자기 두려워지기 시작했다. 최악의 시나리오들이 머릿속을 날아다녔다. 일단 사냥꾼에게 타이크가 죽임을 당했을 수도 있다는 생각이 들었다. 며칠 사이 방송에서 계속 타이크에 대한 이야기가 흘러나오고 있었기 때문에, 나쁜 마음을 먹은 사냥꾼이 새끼 사자를 잡아다 팔 생각으로 리틀타이크를 쫓고 있을지도 몰랐다. 사냥꾼이 사냥개를 풀었다면 리틀타이크가 감당할 수 없을 터였다. 사자는 나무를 오를 수도 수영을 할 수도 없고, 장거리를 달릴 만한 폐활량도 갖고 있지 않다. 사냥개에게 추격을 당한다면 꼼짝없이 잡히거나 죽을 수밖에 없었다.

다른 시나리오도 가능했다. 방송을 듣지 못한 사람이 길을 가다가

리틀타이크와 맞닥뜨린다면 그야말로 공포 그 자체일 것이다. 극도로 흥분한 상태에서 총으로 쏴 죽일 수도 있었다. 일반인도 총기 소지가 자유로운 곳이므로 충분히 가능한 시나리오였다.

아니면 자신을 돕기 위해 쫓는 사람들을 자신을 잡아가려는 사람으로 착각해 점점 더 멀리 도망가고 있을지도 몰랐다. 낯선 사람과 별로 대해 본 적이 없는 타이크로서는 자신에게 자꾸만 접근해 오는 사람들을 피해 두려움에 떨며 더 깊이 숨을 수도 있었다. 우리 머릿속에서는 자꾸 나쁜 시나리오만 샘솟듯 생겨났다.

방송을 하고 수색을 한 지 4일째 되던 날, 우리는 결단을 내렸다. 도와주었던 많은 사람들에게 감사의 말과 함께 수색을 중지해 달라는 요청을 한 것이다. 우리를 도와준 얼굴도 모르는 수많은 보이스카우트 대원들에게도 감사의 말과 함께 우리의 마음을 전했다.

혹시라도 모를 사고로 리틀타이크를 잃느니, 느리더라도 우리끼리 조용히 찾는 길을 택한 것이다. 이제 리틀타이크를 찾는 일은 우리 부부의 몫으로 되돌아왔다.

새끼 사자의 귀환

사람들의 도움을 받지 않고 다시 우리끼리 타이크를 찾기 시작한 그날. 내가 타이크를 찾아 돌아다니는 낮 동안 아내는 혼자 가게를 도맡아야 했다.

겨울이라 어둠이 빨리 내렸고, 밤은 길고 길었기 때문에 마음이 조급했다. 타이크를 찾기 위해 낮 시간 동안 내내 목장 주변을 찾던 나는 어스름이 내리기 시작하자 '오늘도 결국 실패인가?' 생각하며 가게로 돌아갈 채비를 서두르고 있었다. 그런데 그 순간 친숙하고 구슬픈 울음소리가 내 귀에 들렸다. 분명 리틀타이크의 울음소리였다.

귀를 세우고 들으니 목장 맞은편 언덕의 저수지 쪽에서 들리는 소리였다. 샘물이 퐁퐁 솟구치는 그곳은 수백 마리의 금붕어가 서식하는 조용한 곳이었다. 나는 잔뜩 흥분한 상태로 걸음을 재촉했다.

저수지 주변에 도착해 주위를 두리번거리던 나는 대나무 숲 쪽에서 바스락거리는 소리가 들리더니 뭔가 커다란 물체가 쓰윽하고 나타나는 것을 보았다. 리틀타이크였다. 리틀타이크는 한눈에 보기에도 비쩍 마르고 수척해진 채 휘청거리면서 나를 향해 다가왔다.

"타이크, 너냐? 리틀타이크, 너 맞지?"

나는 너무 기뻐서 그 자리에서 펄쩍펄쩍 뛰었다. 내 품에 안긴 가엾은 새끼 사자는 어찌나 기운이 빠졌던지 울 힘조차 없이 축 늘어져 버렸다.

슬픔이 가득했던 우리 목장은 타이크의 귀환으로 금세 축제 분위기로 바뀌었다. 소식은 들불처럼 퍼져 나갔고 우리는 "리틀타이크가 무사히 돌아왔다면서요?"라는 축하 인사를 수도 없이 받았다. 타이크가 돌아와서 정말 다행이라는 축하 인사는 아무리 들어도 질리지 않았다.

집을 나간 4일 동안 리틀타이크의 몸무게는 32킬로그램에서 27킬로그램으로 무려 5킬로그램이나 줄어 있었다. 길을 잃었던 것일까?

누구에게 쫓긴 것일까? 도대체 그사이 타이크에게 무슨 일이 있었던 것일까?

며칠 동안 우리는 타이크를 꼭 껴안고 잠을 잤다. 리틀타이크가 살아 돌아왔다는 것을 온몸으로 느끼고 싶었기 때문이다. 그런데 함께 잠자리에 누우면 타이크는 눈빛과 몸짓으로 우리에게 뭔가 말하려 했다. 우리가 뭔가 알아차려 주길 바라는 마음이라는 걸 느낄 수 있었다. 아마도 며칠 동안의 무서웠던 방랑, 피로와 배고픔으로 지샌 밤, 살기 위해 노력했던 순간에 대한 이야기였을 것이다.

하지만 무능한 인간인 우리로서는 이 조그만 야생동물이 무엇을 말하려고 하는지 전혀 알아들을 수 없었다. 그저 짐작만 할 뿐. 이럴 때면 '만물의 영장'이라는 말이 얼마나 보잘것없는 자기만족인지. 우리 부부는 아직까지도 리틀타이크가 집을 나간 4일 동안 무슨 일을 겪었는지 알지 못한 채 살아가고 있다.

동물들의 천국,
히든밸리 목장

인간이나 동물이나 다 같은 생명

리틀타이크와 우리 부부가 사는 히든밸리 목장은 다양한 종의 동물들이 한데 어울려 사는 평화로운 곳이다. 물론 맹수가 함께 사는 건 리틀타이크가 처음이었지만. 그런데 그저 동물과 함께 사는 게 좋아서 목장을 꾸리고 살던 우리 부부가 의식하지 못하는 사이에 동물 가족이 늘어나고 있었다. 목장 근처에 살던 동물들이 자연스럽게 우리 집에 둥지를 튼 건 부지기수고, 이웃 마을 사과나무에 높이 매달려 오도가도 못하게 된 고슴도치도 구조되어 우리 목장으로 옮겨오게 되는 등 다양한 사연을 가진 동물들이 우리 목장으로 모여들었다.

게다가 당시 나는 우연치 않게 동물 보호소를 설립하자는 주 법률을 만드는 일에 참여하고 있었고, 우리 목장 주변에 총기 사용이 금지된 약 5백만 평의 동물 피난처가 만들어졌다. 덕분에 동물과 어울

려 사는 것을 사랑하는 우리 부부에게는 꿈 같은 날들이 펼쳐졌다. 멋진 중국산 꿩이 사냥꾼의 총을 피해 날아오기도 했고, 총상을 입고 뼈가 짓이겨진 사슴이 실려 들어와 가족이 되기도 했다. 심하게 다친 새들도 건강을 회복해 자연으로 돌아가거나 이곳에서 평화롭게 생을 마쳤다.

새롭게 우리 목장의 식구가 된 동물 중에는 오스트레일리아 출신의 까만 새끼 흑고니도 있었다. 당시 흑고니는 쉽게 볼 수 없는 희귀 동물이었다. 타이크도 흑고니가 신기한지 몇 시간이고 물끄러미 쳐다보았다. 그래서 우리는 상처를 입어 제대로 날 수 없는 새끼 흑고니의 경호를 리틀타이크에게 맡겨 버렸고, 타이크는 새끼 흑고니를 뚫어지게 쳐다보는 것으로 임무를 훌륭하게 수행했다.

우리 목장의 동물 가족 중에는 너구리 라치도 있었다. 라치는 때때로 나무 위에 올라앉아 아래를 향해 소리를 지르는 개구쟁이였는데 리틀타이크의 좋은 친구였다. 라치와 타이크는 심심하면 상대에게 장난을 걸었다가 함께 치고 받고 뒹굴며 노는 걸 아주 좋아했다.

우리 가족은 시간이 날 때마다 강을 따라 산책하기를 즐겼다. 그런데 산책하는 모습이라는 게 모르는 사람이 보면 기이하기 짝이 없었다. 일단 커다란 덩치의 암사자 리틀타이크가 항상 우리 부부 옆에서 걸었고, 그뒤를 테리어 강아지와 너구리 라치가 따라왔다. 강아지들과 너구리는 강을 따라 달리기를 하거나 수영을 하면서도 결코 무리를 이탈하는 일이 없었다.

또한 꼬리가 하얀 사슴 베이비도 산책길에 동참했다. 베이비는 온 갖 동물이 뒤섞인(심지어 육식동물인 사자가 속한) 이 산책 무리 틈에서 연약해 보이지만 언제나 우아하고 당당한 자태를 잃지 않고 산책에 끝까지 동참했다.

어린 양 베키도 우리의 중요한 산책 멤버였다. 베키는 산책 때면 항상 우리 모두가 한가족이라는 듯 당당하고 자신감 있게 걷는 모습이 특징이었다. 우리 역시 베키의 생각이 옳다고 믿었다. 인간이건 동물이건 똑같은 생명을 부여받은 똑같은 존재일 뿐이므로.

도살장에서 만난 어린 양 베키

우리의 산책 멤버인 베키는 어디에서 왔을까? 베키를 만난 건 뜻밖에도 도살장이었다.

봄이 한창인 어느 날 나는 새끼 양을 한 마리 사려고 양 목장에 들렀다. 그곳은 양 목장을 비롯해 도살장 등 이런저런 일을 겸하는 곳이어서 영 꺼림칙했지만, 그때가 마침 양이 한창 출산을 할 시기여서 때를 놓치지 않으려고 그곳으로 갔다. 나는 목장에서 일하는 한 남자에게 혹 새로 태어난 양이 있는지 물어보았다.

"글쎄요, 일단 하던 일을 마쳐야 하니 저 소들부터 도살장에 몰아 넣은 다음에 찾아봅시다."

그는 일단 도살장에 소를 몰아넣은 뒤 양을 한 번 찾아보겠다고 대답했다. 그를 기다리는 동안 할 일이 없었던 나는 남자의 뒤를 따라

사자와 양의 식사 시간

리틀타이크와 꼬마 양 베키. "우리 친구할까?"

가 보았다. 남자는 연신 채찍질을 해대며 도살장 쪽으로 소 떼를 몰
고 있었고, 나는 그중에 한 마리가 울부짖는 것을 보았다. 보아하니
그 소는 암소였고 막 출산을 하려는 것 같았다. 암소는 소 떼 한가운
데에서 신경질적으로 맴을 돌며 울부짖고 있었다.

　길을 막고 선 암소를 향해 욕설을 퍼붓는 남자를 보며 내가 소리

쳤다.

"이봐요. 그 암소, 출산을 앞둔 것 같은데 그런 식으로 해서는 말을 듣지 않습니다. 무리를 따라가게 할 수 없다고요."

보통 암소는 출산이 다가오면 새로 태어날 새끼를 보호하기 위해 맴을 돈다. 그러니 출산을 앞둔 암소가 저런 행동을 하는 것은 당연한 일이었다. 그러자 남자가 불평을 내뱉기 시작했다.

"이게 다 그 놈의 새로 생긴 법 때문이라고요. 그 잘난 법에 보면 새끼를 낳은 암소는 30일 동안 죽일 수 없게 되어 있으니 별 수 있습니까? 새끼 낳기 전에 빨리 죽여야지. 지금 죽이지 않으면 30일 동안 쓸데없이 사료만 축내게 되어 있어요. 새끼가 태어나기 전에 죽이는 건 합법입니다."

도축되는 동물의 복지를 위해 개정된 법이 이런 식으로 악용되고 있다는 사실에 나는 적잖이 놀랐다. 결국 그 암소는 새끼를 밴 채 도살장으로 끌려 들어가고 말았다.

일을 끝낸 남자는 나를 양 우리로 데리고 갔다. 그곳에서 나는 태어난 지 며칠 안 된 하얀 새끼 양을 받아들며 남자에게 만일 내가 양을 구입하지 않으면 이 양은 어떻게 되는지 물어보았다.

"아마 냄비 속으로 들어가겠죠."

간결한 대답이었다. 나는 앞서 죽은 암소와 뱃속 새끼에게 미안한 마음을 전하며, 그 작고 부드러운 생명체를 내 팔에 안고 재빨리 그 자리를 떠났다.

집에 돌아온 나는 성경에서 '살생하지 마라(Thou shalt not kill).'는 계명을 읽었다. 이는 인간만 죽이지 말라는 것은 아닐 거라고 나는 믿는다. 모든 살아 있는 생명을 죽이지 말라는 것이지 인간만 죽이지 말라는 것은 아닐 것이다. 또한 나는 "내가 땅 위에서 나는 모든 풀과 씨를 갖고 있는 열매 달린 나무를 너희에게 준다. 그것이 너희의 먹을거리니라."라는 구절도 발견했다. 인간이 어떻게 먹고 살아야 할지에 대한 이보다 명쾌한 해답은 없다고 생각했다.

따스한 봄 햇살이 따가웠던 다음 날, 우리는 여느 때처럼 산책을 나섰다. 이번에는 베키도 함께였다. 우리는 아름다운 목장 평원에서 산책길을 함께할 동물들에게 베키를 소개했고, 소개를 받은 다른 동물들은 새로운 일원에 지대한 관심을 표했다. 노새와 새끼들은 냄새를 맡아보고선 만족한 표정으로 베키를 바라보았지만 질투심 강한 당나귀 보니는 아직 양을 좋아할지 싫어할지 결정하지 못한 듯했다. 그리고 그 무리 한가운데에서 리틀타이크도 조용히 베키를 쳐다보고 있었다.

위험한(?) 리틀타이크

너무 많은 관심은 때때로 문제를 일으킨다

리틀타이크가 커갈수록 사람들의 타이크에 대한 관심도 눈덩이처럼 불어났다. 사자와 사람이 함께 사는 것만으로도 이야깃거리가 되는데 심지어 '고기를 거부하는 채식 사자'라니!

우리가 낮 동안에는 가게에 나와 있어 목장에 가봤자 타이크를 볼 수 없다는 걸 안 사람들은 우리가 운영하는 가게를 찾기 시작했다. 그러자 시내에 있는 보잘것없는 작은 가게가 금세 리틀타이크를 보러 온 손님들로 북적거렸고 그 수는 점점 늘어났다.

가게 일을 해야 하는 우리로서는 난감했다. 찾아오는 사람들에게 타이크를 소개하는 일을 하다 보면 우리 일은 뒷전으로 밀려 버렸기 때문이다. 또한 사람들이 너무 북적이면 타이크가 예민해져 혹시라도 사고가 생기지 않을까 늘 조마조마했다.

아기와 놀고 있는 리틀타이크. "우와, 정말 큰 고양이다!"

　　결국 마거릿은 적정수의 손님을 맞을 묘안을 찾아냈다. 우리는 카운터 바로 옆에 모금함을 하나 두고 그 위에 이렇게 써 붙였다.

　'당신에게 리틀타이크를 소개할 수 있어서 기쁩니다. 시애틀에 있는 장애어린이병원을 돕기 위한 모금함에 작은 정성을 부탁드립니다.'

　　이 방법 덕분에 가게를 찾는 사람들의 수가 조금 줄었고 좋은 일도 할 수 있었다. 사람들의 정성이 모이자 마침내 우리는 동전으로 가득 찬 모금함을 들고 어린이병원으로 향할 수 있었다. 사람들은 타이크를 봐서 즐겁고, 덕분에 좋은 일도 할 수 있으니 이보다 더 좋

을 수 없었다.

우리는 마치 소풍을 나서는 어린아이처럼 들뜬 마음으로 병원을 찾았다. 리틀타이크와 목장의 다른 여러 어린 동물들도 이 소풍에 함께했다. 병원의 어린 환자들이 우리를 보더니 목발을 짚고 휠체어를 움직여 풀밭으로 몰려왔다. 아이들은 동물들을 직접 만져 보며 아픔을 잠시 잊고 즐거워했다. 특히 리틀타이크는 최고 인기였다. 착한 리틀타이크는 아이들과 풀밭에서 뒹굴며 놀아 주었다.

그런데 문제가 생기고 말았다. 그날 우리의 병원 방문을 취재하러 왔던 기자들이 아이들과 함께 뒹굴며 노는 어린 사자 사진을 신문에 실었고 그 신문을 보고 사람들이 폭풍처럼 몰려들었기 때문이다.

우리가 가게 일을 마치고 퇴근하면 50~60명의 사람들이 목장 앞 잔디밭에서 피크닉을 즐기며 리틀타이크가 도착하기를 기다리고 있었다. 가게에도 이미 많은 사람이 왔다갔건만 또 사람들이라니! 이렇게 리틀타이크는 마을 최고의 유명인사가 되었다.

그런데 좋은 일은 언제나 나쁜 일과 함께 오는 법인지 얼마 뒤 시청 고위 관리가 좋지 않은 얼굴로 가게를 찾아왔다. 우리가 위험한 사자를 방치한다는 민원이 들어왔다는 것이다. 리틀타이크가 온순하기는 하지만 맹수이니 언제 무슨 사고가 일어날지 모른다는 것이었다. 우리 부부는 그 지적을 수긍했다. 그래서 우리는 울타리를 만들어서 높이 세우겠다고 약속했다. 우리에게 리틀타이크는 온순한 사자이지만 다른 누군가에게는 그저 위험한 맹수일 수도 있으니까.

'고향에서 환영받는 선지자는 없다'

우리는 리틀타이크가 낮 동안의 대부분을 보내는 가게의 뒤쪽에 나무 울타리를 치기로 결정했다. 그 정도면 사람들의 안전을 충분히 보장할 수 있을 거라고 생각했기 때문이다. 없는 돈에 막대한 비용을 들여 2.4미터 높이의 높고 단단한 나무 울타리를 세우고 마지막 작업으로 문에 경첩을 달려는 순간 또 시청에서 사람이 나왔다. 이번에는 울타리를 해체하라는 공문이었다. 나무 울타리로는 안전을 보장할 수 없다는 것이었다. 장난을 하는 것도 아니고 도저히 납득이 가지 않는 논리였기에 나는 그 명령을 딱 잘라 거절하고 경첩에 못을 박았다.

이 일이 있은 후 오래지 않아 우리는 곧 지역 주간 신문의 헤드라인을 장식하게 되었다.

'사자 울타리를 둘러싼 분쟁'

'울타리 철거를 거부하는 소유주'

그리고 마침내 우리 집 울타리는 '말 많은 울타리'라는 별명까지 얻는 영광을 얻었다. 사람 우습게 되는 게 순식간이라는 말을 몸소 겪은 우리는 더 이상 참지 못하고 시의회로 쳐들어갔다. 시의회 사람들을 일일이 만나 리틀타이크는 위험하지 않으며, 우리가 만든 나무 울타리로도 사람들의 안전을 충분히 보장할 수 있고 또한 합법적인 것이라고 설득했다. 그러자 며칠 후 신문에 '시(市)가 사자를 용인하다'라는 기사가 실렸다. 우리의 설득이 효과를 발휘한 것일까? 우리는

기사를 읽으며 좋아해도 될지 반신반의했다.

하지만 며칠 후 시의회는 우리를 놀리듯 위험성이 있는 동물에 관한 조례를 통과시켰다. 그 내용은 '위험성이 있는 동물은 반드시 우리에 가두어야 한다.'는 것이었다. 누가 봐도 그 조례가 리틀타이크를 겨냥한 것임을 알 수 있었고, 시의회는 친절히 관련 공문을 우리에게 보내왔다.

사실 그동안 리틀타이크는 마을 경제에 큰 도움을 주었다. 수년 동안 리틀타이크를 보려고 수천 명의 관광객이 몰려들었기 때문이다. 또한 마을이 유명해지는 데에도 한몫했다. 리틀타이크는 세계적인 잡지와 신문에 나왔고, 텔레비전에도 출연했으니까. 우리가 살고 있는 작은 마을은 리틀타이크 덕분에 일약 세계적으로 유명한 마을이 되었지만, 정작 마을은 리틀타이크를 위해 아주 작은 배려도 하지 않았다.

리틀타이크는 어디를 가든 항상 우리 옆에 붙어서 걸어 다녔다. 하지만 그것이 허용되지 않는 곳이 있었으니 그게 바로 타이크가 사는 마을이었다. 이 마을은 리틀타이크가 우리 옆에서 함께 걷는 것이 허용되지 않는 유일한 마을이 되었다.

'고향에서 환영받는 선지자는 없다(A prophet is not without honor, but in his own country).'는 옛말이 있다. 이 말이 하나도 틀리지 않음을 우리는 다시 한 번 확인했다.

장난꾸러기
고양이 임프

버려진 새끼 고양이

큰길에서 히든밸리 목장으로 오려면 꼬불꼬불한 산길을 한참 달려야 한다. 어느 늦은 비 오는 밤, 산길을 운전하던 나는 조그맣고 까만 물체가 도로 위에 있다가 황급히 길가 도랑으로 숨는 걸 보았다. 야생동물치고는 너무 느리게 움직이는 것 같아 일단 차를 세웠다.

희미한 울음소리를 찾아 손전등을 들고 젖은 풀숲을 뒤지던 나는 한참 만에 구슬피 우는 까만 새끼 고양이를 발견했다. 야생동물이 아닌 것 같다는 예감이 맞은 것이다. 새끼 고양이는 차가운 비에 흠뻑 젖어 있었다. 사람들이 차에 타고 가다가 차창 밖으로 던진 게 분명했다. 이런 식으로 고양이를 산속에 버리는 사람들이 종종 있었다. 나는 달리는 차에서 던져지며 여기저기 상처를 입은 불쌍한 새끼 고양이를 따뜻한 재킷 주머니 속에 집어넣고 집으로 차를 몰았다.

"마거릿, 글쎄 오는 길에 새끼 고양이가 버려져 있지 뭐야. 그냥 두고 올까 했는데 비가 오잖아. 그래서 데리고 왔어. 내일 아침에 눈 뜨는 대로 맡아 줄 사람을 알아볼게. 없으면 그냥 다시 거기에 버리고 오지, 뭐. 죽거나 말거나. 정말이라고."

나는 집에 들어서면서부터 이렇게 너스레를 떨었다. 사실 우리 집에는 이미 너무 많은 고양이가 있었고 내가 이런 식으로 데려온 녀석도 한둘이 아니었다. 그리고 이미 목장에는 수 많은 동물로 차고 넘쳐서 우리 힘에 부친다는 것을 충분히 알고 있던 터였다.

난롯가에 앉아 있던 마거릿은 내 말을 들은 건지 듣지 않은 건지 손을 내밀더니 새끼 고양이를 건네받고는 무릎 위에 조용히 내려놓았다. 내가 부러 험하게 말한 것은 마거릿이 새끼 고양이를 살리기 위해 최선을 다할 거라는 걸 알기에 미안하고 고마운 마음을 에둘러 그렇게 표현한 것이었다.

마거릿은 가르릉 소리를 내는 새끼를 양손에 감싸안고 따뜻한 우유를 먹이려고 부엌으로 향했다. 하지만 새끼 고양이는 아직 접시에 담긴 우유를 핥는 법도 모를 정도로 어린 녀석이었다. 마거릿은 우유를 병에 담아 고양이에게 물렸다. 어미젖밖에 빨지 못하는 녀석을 버리다니! 나는 또 부르르 화가 치밀었다.

다음 날 아침 새끼 고양이에게 우유를 배불리 먹인 후 일광욕도 시킬 겸 고양이를 데리고 나와 풀밭에 내려놓았다. 언제나처럼 호기심이 제일 왕성한 공작이 낯선 고양이를 발견하고는 소란을 피우며 달려오더니 이상한 소리를 질러대며 야단을 떨었다. 갑작스런 공작새의 등장에 놀란 새끼 고양이는 잔뜩 긴장한 채 몸을 동그랗게 움츠렸다. 눈을 커다랗게 치켜뜨고 꼬리털을 바짝 세우더니 새끼 고양이는 반대 방향으로 쪼르륵 내뺐다.

그런데 새끼 고양이가 공작을 피해 간 곳이 하필 리틀타이크가 있는 곳이었다. 공작을 피해 도망쳤는데 사자라니! 리틀타이크는 그때까지 조용히 앉아 새끼 고양이의 행동을 지켜보고 있었다.

우리 부부가 제지할 틈도 없이 새끼 고양이는 이미 리틀타이크 근처까지 가 있었다. 리틀타이크를 믿기에 고양이가 안전할 거라 생각했지만 그래도 너무 순식간에 일어난 일이라 혹시나 하는 마음에 조금 불안해하고 있을 때였다. 그런데 재빨리 새끼 고양이가 타이크의 큼직한 발 사이로 쏙 들어가 버리는 게 아닌가! 새끼 고양이는 위엄 있는 사자의 얼굴 밑에서 자신의 얼굴을 쏙 내밀고는 그제서야 가장 안전한 자리를 찾았다는 듯 편안한 표정으로 자리를 잡았다. 공작은 고양이가 리틀타이크 밑에 자리를 잡자 아쉬운 듯 돌아갔다.

그 순간 우리는 이 새끼 고양이가 우리와 함께 살게 될 거라는 걸 직감했다. 리틀타이크가 자기 품으로 뛰어든 새끼 고양이의 냄새를 킁킁 맡더니 핥는 게 아닌가. 냄새로 핑키가 아니라는 걸 분명 알았을 텐데도 이 작은 생명을 거부하지 않고 코를 비비며 핥다니. 핑키를 잃은 후 어떤 고양이를 데려와도 핑키가 아닌 걸 확인하면 바로 뒤돌아갔던 리틀타이크였는데 말이다.

고양이 임프에게 리틀타이크는 가장 안전한 피난처였다.

악동 고양이 임프

　고양이는 활기 넘치는 악동으로 자랐다. 배고프면 음식을 내놓으라고 큰 소리로 울거나 마구 할퀴었고, 요구 사항이 있을 때마다 마거릿에게 매달려 졸라대는 건 예사였다. 테라스 쪽 유리창을 날카로운 발톱으로 긁어대는 것이 우리의 주의를 끄는 가장 빠른 방법이라는 것도 알아채는 바람에 우리는 그 소름 끼치는 소리를 종종 들어야 했다. 또 우리가 문 손잡이만 돌리면 통통 튀는 고무공마냥 우리를 향해 뛰어올랐다. 많은 고양이와 살았고 살고 있지만 이런 녀석은 처음이었다.

다른 고양이를 괴롭히고 못살게 굴다가도 급할 때면 언제나 자기의 든든한 후원자인 리틀타이크의 품으로 도망쳤다. 이런 녀석에게 우리는 악동이라는 뜻의 임프(imp)라는 이름을 지어 주었다.

임프는 자라면서 리틀타이크를 점점 더 따랐다. 타이크 역시 임프의 못된 장난을 너그럽게 봐 주며 애정으로 돌봤다. 핑키가 사라진 후 그 어떤 고양이에게도 맘을 터놓지 않던 타이크였지만 임프에게만은 자신의 먹이를 나눠 줄 정도로 따뜻했다.

임프의 하루는 리틀타이크의 코와 네 발바닥 냄새를 맡는 것으로 시작되었다. 눈을 뜨자마자 타이크에게 다가가 킁킁대다가 냄새에 별문제가 없다고 느껴지면 아침에 할 일을 다 했다고 느끼는지 타이크에게 몸을 기대고 다시 잠 속으로 빠져들었다. 고양이와 사자가 절대 한 집에서 사이 좋게 지낼 수 없다고 고집하는 사람이 있다면 임프와 타이크가 얼마나 재미있게 지내는지를 봐야 한다.

우리 목장에 놀러 오는 사람들은 마거릿을 따라 오솔길을 산책하는 리틀타이크를 쉽게 볼 수 있다. 하지만 조금 더 눈썰미 좋은 사람이라면 사자의 바로 앞에서 우아하게 걷는 까만 고양이도 찾을 수 있을 것이다. 사자와 똑같은 모습으로 걷는 까만 고양이를!

리틀타이크가 사지를 길게 뻗고 기지개를 켜거나 발톱을 다듬느라 나무에 대고 발톱을 갈고 있으면 임프는 그 밑에서 똑같이 흉내를 낸다. 마치 축소판처럼!

채식 사자
리틀타이크

사자는 고기를 먹지 않으면 살 수 없다?

리틀타이크가 커가면서 우리는 타이크에게 고기를 먹여야 한다는 조급함이 점점 더해 갔다. 이유식에 고기를 넣는 것은 실패했지만 앞으로 내내 먹게 될 식사에는 육식이 꼭 들어가야 할 터였다. 지인들, 전문가들이 조언한 여러 가지 방법을 써 보았지만 효과를 보지 못한 우리는 급기야 타이크에게 고기를 먹일 수 있는 방법을 제시한 사람에게 현금 천 달러를 지급하겠다는 광고까지 냈다. 하지만 이 광고도 아무 소용 없었다.

특히 동물 전문가를 만날 기회가 있으면 항상 고기를 먹일 좋은 방법이 있는지 의논하곤 했는데 돌아오는 것은 '사자는 고기를 먹지 않으면 죽는다'는 무시무시한 대답뿐이었다. 우리도 육식동물인 리틀타이크가 고기를 먹지 않으면 죽을지도 모른다는 생각을 하긴 했지만 그런 대답을 반복적으로 들으니 마음이 점점 불안해졌다. 채식만 하고서도 잘 자라는 타이크를 앞에 두고 보면서도 우리는 조급하고 불안한 마음을 감추지 못했다.

'리틀타이크는 곧 죽을지도 몰라. 고기를 먹지 않으면 곧 죽을 거야.'

말은 안 했지만 당시 우리 부부의 마음 속에는 이런 불안한 마음이 항상 자리잡고 있었다.

그러던 중 우연히 만난 한 젊은이가 우리의 고민을 듣더니 성경을 읽어 보라고 했다. 거기에 해답이 있다고. 평소에 성경을 차분히 읽지 않던 나는 젊은이가 알려 준 창세기 1장 30절을 찾아 읽어 보았다.

"……땅 위의 모든 짐승, 하늘의 모든 새 그리고 땅을 기어 다니는 모든 곤충, 생명이 있는 모든 것들에게 내가 푸른 풀을 먹을 것으로 주리라, 하시자 말씀하신 대로 이루어졌다……."

이 구절은 불안에 떨던 우리 부부에게 어느 정도 위안을 주었다. 그래, 타이크야, 고기가 싫다면 네가 원하는 대로 한 번 살아보자!

가장 좋아하는 식사는 익힌 곡물, 날달걀, 우유

우리는 더 이상 리틀타이크의 식사를 걱정하지 않았다. 걱정과 달리 리틀타이크는 별다른 병치레 없이 쑥쑥 잘 자랐기 때문이다.

우리는 걱정 대신 타이크가 좋아하는 재료를 찾아 음식을 더 맛있

게 만들어 주는 것에 마음을 쓰기 시작했다. 그리고 곧 타이크가 가장 좋아하는 식단을 찾아냈다. 타이크는 익힌 곡물과 날달걀, 우유를 섞어 만든 음식을 가장 좋아했다.

리틀타이크는 곡물, 달걀, 우유를 주식으로 먹으면서 몸이 부쩍부쩍 불었다. 고기를 먹지 않아서 곧 죽을 거라는 우리의 걱정은 기우

"싫어요. 전 채식주의자라고요."

라는 것이 증명되었고, 타이크는 4살 때 몸무게가 무려 160킬로그램이나 나갈 정도로 성숙한 암사자가 되었다.

그래도 타이크의 건강이 조금 걱정되었던 우리는 어느 날 미국에서 가장 유능한 동물원장을 만나게 되었고 타이크의 건강 체크를 부탁했다.

"리틀타이크의 건강이 걱정이라고요? 리틀타이크는 지금까지 내가 만난 어떤 암사자보다 건강하고 체격이 멋지니 더 이상 걱정하지 마세요."

원장의 말을 듣고 우리는 리틀타이크의 채식하는 식습관이 건강과 아무런 상관이 없다는 것을 공식적으로 인정받은 것처럼 기뻤다. 그리고 고기를 먹이려던 우리의 줄기찬 노력도 이 시점에서 마무리되었다.

그 순간 리틀타이크도 스트레스에서 벗어났다. 자기가 싫어하는 고기를 억지로 먹지 않아도 되었기 때문이다. 스트레스에서 벗어나 편안히 자기가 원하는 음식만 먹을 수 있게 되어서 그런지 리틀타이크의 성격은 나날이 온순해져 갔다.

영양과 맛을 고려한 채식 식단과 고무 인형

시간이 흐를수록 마거릿의 채식 식단 솜씨는 좋아졌다. 영양과 맛을 고려해 여러 가지 곡물을 추가해서 만드니 처음에 만든 것보다 훨씬 그럴듯한 한 끼 식사가 되었다. 나중에는 손에 익어서 수월해졌지

만 사실 요리 과정이 그리 쉽지만은 않아 마거릿이 처음에는 고생이
심했다.

일단 리틀타이크가 식사를 통해 단백질, 탄수화물, 칼슘, 지방, 섬
유질 등 필요한 영양소를 모두 섭취할 수 있도록 알맞은 곡물을 찾아
내 잘 말려 두어야 했다. 그런 다음 각각의 곡물을 영양에 맞게 황금
비율로 섞은 다음 요리하기 좋게 나눠 담아 며칠 분을 냉장고에 넣어
보관했다.

끼니때가 되면 마거릿은 냉장고에서 곡물을 꺼내 익힌 후 날달걀
과 우유를 섞은 다음 나머지 소소한 재료들을 추가해 타이크에게 주
었다. 이때 추가하는 재료를 매번 달리해서 타이크가 질리지 않고 맛
있게 먹을 수 있도록 배려했다. 마거릿은 어떤 비율로 곡물과 나머지
재료를 섞어야 맛도 좋고 영양도 좋은지를 점점 터득해 갔다.

마거릿이 커다란 그릇을 꺼내 양손 가득 곡물을 담기 시작하면 리
틀타이크는 식사 시간이라는 걸 눈치챘다. 그래서 마거릿이 곡물을
두 번 담고, 거기에 우유 1리터를 듬뿍 붓고, 날달걀 두 개를 탁 터뜨
려 넣은 후 몇 가지 재료를 더 넣어 섞을 때까지 얌전히 기다렸다.

그리고 마침내 밖으로 나가 그릇이 자기 눈앞에 놓이면 행복한 듯
몸을 굽히고 천천히 식사를 즐겼다. 그런데 재미있는 건 단지 음식
이 눈앞에 놓였다고 해서 타이크가 식사를 시작하지는 않는다는 것
이다. 리틀타이크는 특별한 무엇인가가 자기 옆에 있지 않으면 식사
를 거부했다. 믿기지 않겠지만 거대한 사자의 식사를 거부하게 만드

는 대단한 것은 바로 인형이다. 타이크가 좋아하는 고무 인형이 있는데 그게 식사 때 옆에 놓여 있지 않으면 절대 먹지 않았다. 사자의 취향치고는 조금 민망하지만 그래도 항상 밥 시간에는 고무 인형을 옆에 놓아 주어야 했다.

이빨 건강을 위해서 뼈 대신 고무 부츠!

리틀타이크 식사 시간에는 많은 동물들이 몰려들었다. 워낙 커다란 그릇에 밥을 먹으니 자기들도 함께 먹어도 된다고 생각했을까?

가장 먼저 달려오는 건 주로 공작들이다. 하지만 타이크는 그릇으로 다가오는 공작을 향해 낮게 으르렁거리는 것만으로 공작들을 간단히 내몰았다. 물론 타이크가 좋아하고 친하게 지내는 목장의 공작은 예외였다. 친한 공작이 다가오면 타이크는 기분 좋게 자리를 열어 주었다.

고양이 임프도 타이크의 밥을 뺏어 먹는 주요 고객 중 하나였다. 임프가 다가오면 리틀타이크는 당연한 듯 자리를 열어 주었고 두 녀석은 사이 좋게 그릇에 얼굴을 박고 밥을 먹었다. 그러고는 밥 먹기에 얼마나 집중하는지 둘 다 누가 지나가도 모를 지경이었다.

이렇게 리틀타이크는 아침, 저녁 하루에 두 번 밥을 먹었다. 하지만 배가 고플 때면 한낮에도 밥을 달라고 졸라 기어이 배를 채우곤 하는 떼쟁이였다.

우리는 리틀타이크에게 고기를 먹이는 것은 포기했지만 이빨과 잇

몸을 튼튼하게 하기 위해 장난감으로 뼈를 주어 봤다. 자꾸 딱딱한 것을 씹는 연습을 해야 이빨이 튼튼해지기 때문이었다. 하지만 철저한 채식주의자인 리틀타이크는 동물의 뼈를 입에 넣는 것을 결단코 거부했다.

그래서 우리가 마련한 뼈 대용품은 바로 고무 부츠였다. 묵직한 고무 부츠가 뼈 대신 리틀타이크에게 씹는 연습을 시켜 줄 수 있을 거라고 확신했고, 기대대로 리틀타이크는 3주에 한 번씩 고무 부츠를 갈아치웠다. 타이크는 너덜너덜해져 형체를 알아볼 수 없게 된 헌 부츠를 기분 좋게 반납했고, 우리는 그럴 때마다 달콤한 향을 뿌려 역한 냄새가 사라진 고무 부츠를 바로바로 건네주었다.

또한 타이크는 즙이 풍부한 초원의 긴 풀을 간식으로 즐겼다. 한 번 먹기 시작하면 한 시간씩 먹는 풀은 타이크의 위장 기능을 유지하기 위해 꼭 필요한 것 같았다. 이런 리틀타이크와 살기 시작한 이후 우리는 동물원에 가서 철창에 갇힌 사자를 볼 때마다 혹시 저 사자도 초원에서 풀 뜯는 것을 그리워하지는 않을지 궁금해하곤 했다.

리틀타이크
새끼를 낳다

토끼 인형은 싫어!

리틀타이크는 이유식을 먹던 시기, 오트밀을 두세 그릇씩 먹으면서 쑥쑥 자랐다. 그런데 문제는 이제 막 이빨이 나는 시기라 그때에 맞는 음식을 마련하기가 어렵다는 것이었다. 오트밀은 씹을 만한 음식은 아니었다.

우리는 리틀타이크의 이빨이 무사히 나길 바라는 마음으로 고무 부츠와 함께 고무 인형을 하나 사서 식사 시간에 밥 그릇 옆에 놓아두었다. 인형을 보더니 호기심을 보인 타이크는 식사를 끝내자마자 마치 마무리하듯 인형을 질겅질겅 씹어 우리를 기쁘게 하는 게 아닌가. 고무 부츠가 이와 잇몸을 튼튼하게 하기 위한 장난감이었다면 고무 인형은 식사 때면 꼭 필요한 식사용 장난감이 되었다. 이렇게 고무 인형과 리틀타이크의 인연이 시작되었다.

타이크는 고무 인형을 무지하게 아꼈다. 깨끗하게 씻어서 줄 요량으로 고무 인형을 달라고 하면 고무 부츠만 내밀고 인형은 끌어안았다. 그렇다고 타이크에게서 인형을 강제로 빼앗는 건 절대로 불가능했다. 무엇인들 사자에게서 강제로 뺏는 게 가능하겠는가? 고무 인형은 그야말로 리틀타이크의 애장품이었다.

새끼 사자의 작고 날카로운 이빨을 견뎌내지 못하고 너덜너덜해진 고무 인형이 완전히 분해되기 전에 우리는 다른 고무 인형을 찾아내야 했다. 자기 것에 유난히 집착하는 어린 사자의 마음을 빼앗기 위해 우리는 고민 끝에 귀엽고 앙증맞은 고무 토끼 인형을 하나 사온 후 제발 리틀타이크의 마음에 들기를 바랐다.

마침내 다음 식사 시간, 우리는 타이크의 그릇 옆에 고무 토끼 인형을 조용히 세워 놓았다. 타이크는 아주 짧은 시간 호기심 어린 눈으로 고무 토끼를 바라보더니 이내 평소처럼 머리를 숙여 식사를 하기 시작했다. 하지만 평소에 식사를 마치고 고무 인형을 씹던 것과는 달리 토끼 인형을 건드리지도 않더니 결국 토끼 인형을 코로 멀리 밀어 버렸다. 아무래도 토끼 인형은 식사용으로는 퇴짜를 맞은 듯했다.

사자가 아기를 낳고 있어요!

그래도 그날 저녁 우리는 다시 한 번 시도해 보려고 식사 시간 전에 토끼 인형을 찾았다. 그런데 아무리 찾아도 토끼 인형이 보이지 않았다. 어디로 간 거지? 어쩔 수 없이 다 망가진 먼저 고무 인형을 다시 밥그릇 옆에 놓아 주었다. 예전 고무 인형을 보자 기분이 좋아진 리틀타이크는 기분 좋은 소리를 내며 식사를 했고, 식사 후에는 고무 인형을 씹으며 놀았다.

그뒤로도 고무 토끼 인형은 찾을 수 없었다. 어디로 간 걸까? 리틀타이크가 마음에 들지 않는다고 갖다 버린 걸까?

며칠이 지나고 우리는 리틀타이크와 목장에서 쉬고 있었다. 여느때처럼 몇몇 아이들이 사자를 보려고 우리 주위로 다가왔는데 그중 한 아이가 흥분해 소리를 질렀다.

"저기 봐요. 사자가 아기를 낳고 있어요!"

세상에 놀랍게도 아이 말대로 리틀타이크가 토끼 인형을 낳고 있었다! 리틀타이크가 똥을 누는데 거기에 고무 토끼 인형이 돌돌 말려서 함께 떨어지고 있었던 것이다. 돌돌 말려 있는 데도 족히 20센티미터는 되어 보이는 토끼 인형을 보면서 장이 막히지 않고 별탈 없이 나와 줬다는 게 그저 고마울 따름이었다. 토끼 인형의 크기가 다른 인형보다 조금 작다 했더니 갖고 놀다가 삼켜 버린 모양이었다.

그 후로 우리는 크기가 좀 더 큰 다른 고무 인형을 찾아내 리틀타이크의 밥그릇 옆에 놓아 주었고, 완전히 다 자란 사자가 된 이후에도 타이크는 고무 인형이 그릇 옆에 있어야 밥을 먹었다. 고무 인형은 리틀타이크 살아 생전 최고의 식사 파트너였다.

동물은
용서를 안다

당나귀에게 차이다

화창한 봄날, 히든밸리 목장의 새벽 산책은 언제나 시끌벅적하다. 우리 부부 바로 옆에서 리틀타이크가 걷고 그 뒤로 개, 말, 당나귀 등이 따라 걷는 대부대의 이동이기 때문이다.

특히 말과 당나귀들은 새벽 산책을 아주 좋아한다. 녀석들은 신나게 달리다가 갑자기 멈춰 서서 발굽을 하늘 높이 차올리고는 했다. 그 모습은 마치 깊은 숲, 나뭇잎 사이로 희미하게 들어오는 그날의 첫 햇살을 반기는 것 같았다. 우리도 어찌 보면 즐겁고 어찌 보면 성스러운 녀석들의 모습을 지켜보는 것을 즐겼다.

하지만 사고란 순식간에 일어나는 법. 그날 새벽 산책 시간에도 타이크의 놀이 단짝인 당나귀 보니는 완전히 신이 나 있었다. 후닥닥 뛰다가 갑자기 멈춰 서서 허공으로 뒷발을 한껏 차올렸다가 그대로 바닥에 내리찍는 놀이를 흥에 겨워 반복하고 있었다.

우리도 리틀타이크도 이런 보니의 모습을 꽤나 재미있어 하면서 걷고 있었는데 바로 그 순간 사고가 일어났다. 높이 치솟았던 보니의 발굽이 내려오면서 구경하고 있던 리틀타이크의 아래턱을 수직으로 내리찍은 것이었다. 정말 어떻게 손쓸 새도 없이 한순간에 일이 터지고 말았다.

타이크는 황소가 쓰러지듯 쿵 소리를 내며 일순간에 쓰러졌고, 쓰러진 후에는 꼼짝도 하지 않았다. 죽은 것처럼 미동도 하지 않는 리틀타이크의 입에서는 피가 세차게 뿜어져 나왔다.

우리는 너무 놀라 잠시 정신을 놓고 있다가 서둘러 타이크에게 다가갔다. 혹시 죽은 게 아닌지 덜덜 떨며 타이크의 몸에 손을 댔다. 천만다행으로 아직 숨을 쉬고 있는 게 느껴졌다. 생명에는 지장이 없는 것 같았다. 그 순간 우리 부부는 세상의 모든 것들에게 타이크를 살려 줘서 감사하다는 말을 하고 싶을 정도로 말할 수 없이 기뻤다. 이빨 몇 개가 흔들거렸지만 다행히 사자에게 생명과 같은 턱은 무사했다.

찢어진 혀에서 피가 엄청나게 흘러 급한 대로 근처 개울로 가서 차가운 물을 담아 왔다. 차가운 물로 상처를 씻기자 그제서야 가까스로 의식을 되찾은 타이크는 천천히 고개를 들더니 가장 먼저 피로 범벅이 된 자기의 앞발을 핥기 시작했다. 그런 타이크를 보고서야 '리틀타이크가 죽은 게 아니구나. 정말로 산 게 맞구나.' 하고 안심이 되었다.

리틀타이크의 단짝 놀이 친구인 당나귀 보니

　그러는 사이 말들과 당나귀 보니는 진심으로 미안하다는 듯이 곁에 쭉 둘러서서 리틀타이크를 지켜보고 있었다. 솔직히 가장 놀란 녀석이 어쩌면 당나귀 보니였을 것이다. 자신도 모르게 너무나 큰일을 친 것이니 말이다. 하지만 깨어난 리틀타이크는 마치 아무 일 없었던 듯이 일어서더니 천천히 목장 쪽을 향해 걸었다. 보니를 향해 으르렁 거리는 모습 한 번 보이지 않고 말이다.

용서만 아는 리틀타이크

사고 이후 리틀타이크는 일주일 이상 유동식을 먹어야 했다. 좋아 하는 고무 부츠도 씹지 못했고, 인형을 핥아 주지도 못했지만 별 무 리 없이 상처가 나아가고 있었다.

그런데 사고가 나고 몇 주 지난 어느 날 우리는 타이크의 턱 밑에 이상한 혹 같은 게 달려 있는 걸 보았다. 자세히 보니 작은 종기 주머 니 같았는데 속에 액체가 가득 차 있었다. 우리가 치료할 수 없는 것 같아 동물병원으로 갔다.

병원에 도착하자 수의사는 평소처럼 우리 차로 다가와 뒤쪽 의자에 앉아 있는 타이크를 밖에서 부드럽게 쓰다듬으며 턱 밑을 살펴보았 다. 의사는 당나귀에게 맞아 생긴 상처는 거의 아문 것 같고, 턱 밑 종 기도 통증은 없어 보이지만 째서 치료하는 게 좋을 것 같다고 했다.

"금방 치료할 수 있으니까 잠깐만 여기서 기다리세요. 가서 칼을 가져올게요."

병원으로 들어갔던 수의사가 잠시 후 조그만 수술용 칼을 옷에 숨 기고 나타났다. 그런데 그때까지 차 의자 위에서 뒹굴거리며 장난을 치던 리틀타이크가 의사가 차로 다가오자 귀를 머리 쪽에 착 붙이고 서는 으르렁거리기 시작했다. 머리를 좌우로 흔들며 명백한 경고 신

호를 보내고 있었다.

자주 보던 의사였고 지금까지 항상 얌전했는데 무슨 낌새를 차렸는지 불편한 심기를 그대로 드러냈다. 게다가 그 신호는 무시할 만한 것이 아니었다. 뒤쪽을 힐끗 보니 리틀타이크가 눈을 가늘게 뜨고 있었다. 이건 자신의 위협이 결코 허풍이 아니라는 뜻이었다.

"선생님, 오지 마세요. 위험해요! 오지 마시라고요!"

우리는 차로 다가오고 있는 의사에게 급하게 소리쳤다. 다행히 큰 소리로 소리치는 우리 말을 알아듣고 의사가 병원으로 돌아가 칼을 두고 나오자 그제서야 타이크는 의사가 자신을 만지는 것을 허락했다. 다행히 우리가 소리친 것을 의사가 재빨리 알아들어 사고를 모면할 수 있었지 자칫 했다가는 큰 사고가 날 뻔한 순간이었다. 그런데 리틀타이크는 자기 몸에 칼을 대려는 것을 어떻게 알았을까?

그 일이 있은 후 우리는 혹을 그냥 두기로 결정했다. 건강에 크게 문제가 되는 것 같지도 않았고, 솔직히 어떻게 할 방도도 없었기 때문이다.

그러다 한참 뒤 대도시 동물원에서 근무하는 수의사를 만날 일이 있어서 타이크의 턱에 여전히 매달려 있는 혹에 대해 물었다. 물론 가장 먼저 마을의 수의사가 겪은 일부터 이야기하며 조심할 것을 부탁했다.

한쪽 팔에 작고 붙임성 있는 원숭이를 매달고 나타난 수의사는 여유 있는 몸짓으로 혹을 만지작거리면서 타이크의 머리를 쓰다듬었다. 이리저리 타이크를 살피던 의사는 마을 수의사에게서는 듣지 못한 새로운 이야기를 했다.

리틀타이크가 당나귀에게 맞으면서 침 분비선이 파열되어 심각한 상처를 입었는데 혹이 생겨 마치 침주머니처럼 그곳에 흐르는 침이 멎었고, 그사이 침 분비선이 자연 치유되었다는 것이다. 우리는 그동안 혹시 혹이 건강에 나쁘지 않을까 걱정했는데 그게 오히려 상처가 자연 치유되는 데 도움을 주었다니 놀라웠다.

"만일 이 혹을 제거했다면 흐르는 침 때문에 침 분비선은 원상 회복될 수 없었을 겁니다. 아마도 뇌까지 이어진 침 분비선 전체를 다 파괴할 때까지 침이 뚝뚝 떨어졌겠지요."

의사는 타이크를 귀엽다는 듯 쓰다듬으며 미소 지었다. 그렇다면 마을 수의사가 혹을 떼기 위해 칼을 들고 오고 있을 때 리틀타이크는 그게 없어지면 안 된다는 것을 알았던 것일까? 그래서 없애지 못하게 으르렁거렸던 것일까? 이 일은 아직도 우리 부부에게 미스터리로 남아 있다.

우리는 지금도 보니가 리틀타이크의 턱을 힘차게 차던 순간이 떠오르면 가슴을 쓸어내리곤 한다. 그 순간 우리는 먼저 리틀타이크가 살았다는 것에 안도했고, 또 타이크가 보니를 용서한 것에 감사했다. 타이크가 쓰러졌다 일어났을 때 순간적으로 보니에게 공격하지 않을

까 걱정했는데 그건 쓸데없는 기우였다.

우리는 타이크가 태어나면서부터 수많은 사건 사고로 고통받았는데도 복수나 증오심이 전혀 없다는 사실이 그저 고마울 따름이다. 어떻게 모든 것을 다 용서할 수 있을까? 동물들은 다 그런 걸까? 리틀타이크는 그 후에도 목장의 모든 동물과 아무 문제도 일으키지 않고 평화롭게 살았다.

리틀타이크가
야생성을 드러내다

예기치 못한 교통 사고

목장 생활은 항상 생생한 모험의 연속이다. 그런데 어쩌다 보니 리틀타이크와 사는 동안에는 사건 사고가 특히 더 많았다. 그중에서도 타이크가 2살 반쯤 되었을 때 겪은 교통 사고는 드러나지 않던 야생성이 드러난 게 아닌가 하는 생각에 우리를 공포에 떨게 했던 잊지 못할 사건이다.

한때 우리 목장에는 순혈통의 아라비안 종마를 비롯해 승마용 말이 여러 마리 있었다. 말의 수가 많으면 그 녀석들을 먹이고 돌보는 일도 쉬운 일이 아닌데, 그날은 심지어 외부에 일이 있어서 모녀인 암말과 망아지를 데리고 나갔다가 목장으로 돌아오는 길이었다.

당연히 리틀타이크는 나와 함께였다. 타이크는 뒷좌석에 앉아 있었고, 말 두 마리는 차에 연결된 트레일러에 있었다. 나는 빨리 집에

가고 싶은 마음이 굴뚝같았지만 장거리 운전으로 피곤해 사고가 날지도 모른다는 생각에 정신을 집중해서 차를 몰고 있었다. 그런데 갑자기 반대편의 차가 속도를 늦추지 않고 커브를 트는 게 아닌가.

"어어어어……."

나는 충돌을 피하려고 순간적으로 핸들을 꺾었고, 과속 난폭 운전을 한 반대편 차가 유유히 가던 길을 가는 사이 우리 차는 고속도로 차선을 완전히 벗어나고 있었다.

나는 정신을 가다듬고 무슨 일이 있어도 차선을 벗어나서는 안 된다는 생각에 서둘러 핸들을 반대편으로 다시 틀었다. 다행히 차선을 벗어났던 차가 제자리로 돌아오려는 찰나, 말을 실은 트레일러가 본체를 따라오지 못하고 크게 돌더니 전신주를 들이받았다. 그 순간 트레일러와 차의 연결고리가 부서졌고, 말을 태운 트레일러는 계곡 아래로 굴러떨어지고 말았다.

내가 차체에서 떨어져 나가 아래로 굴러떨어지는 트레일러를 보며 망연자실하고 있는 사이 나와 리틀타이크가 탄 차는 트레일러와 반대 방향으로 튕겨져 나가 그대로 방호벽에 처박혔다. 나는 핸들에 고개를 박고 잔뜩 몸을 웅크린 채 잠시 앉아 있다가 천천히 고개를 들었다. 심하게 충돌했지만 다행히 방호벽에 부딪친 덕분에 살 수 있었다.

정신이 들자 나는 재빨리 차 밖으로 나와 트레일러가 떨어진 계곡으로 뛰어갔다. 모녀가 함께 갔으니 그나마 죽음이 덜 두려웠겠지만 망아지는 이제 태어난 지 채 2주도 안 된 녀석이라 가여운 마음뿐이었다.

그런데 그때 내 눈앞에 기적이 일어나고 있었다. 계곡 밑을 살펴보니 완전히 산산조각이 난 트레일러 옆에서 어미 말이 무심한 얼굴로 계곡 목초지의 풀을 뜯고 있는 게 아닌가. 게다가 망아지는 만족스럽게 엄마 젖을 빨고 있었다. 트레일러가 완전히 망가질 정도로 심하게 굴렀는데도 말들이 살아남다니 기적이라고밖에 할 수 없었다.

처음으로 느낀 타이크에 대한 공포감

나는 안도의 한숨을 내쉰 뒤 차로 돌아왔다. 측면은 완전히 구겨졌고 시동이 걸릴지가 문제였다. 그런데 뒷좌석에 타고 있어야 할 리틀타이크가 보이지 않았다. 분명히 사고 직후까지 뒷좌석에 앉아 있었는데…… 갑자기 당황스러웠다. 내가 잘못 본 걸까? 충돌이 일어났을 때 튕겨져 나간 걸까? 한참 동안 주위를 둘러봐도 타이크의 모습이 보이지 않았다.

심각한 부상을 입고 어디선가 죽어 가고 있을지도 모른다는 불안감에 나는 인근 언덕을 샅샅이 뒤지기 시작했다. 그렇게 한참을 헤매고 있는데 멀지 않은 곳에서 사람들이 한곳을 응시하며 웅성거리는 모습이 눈에 들어왔다. 사람들의 시선을 따라가 봤더니 어렴풋이 뭔가 보이는 게 리틀타이크 같았다. 나는 서둘러 사람들을 헤치고 도로를 가로질러 반대편 언덕으로 냅다 뛰었다. 예상대로 리틀타이크였다.

리틀타이크는 잔뜩 흥분된 상태로 거대한 전나무의 낮은 그루터기

에 누워 있었다. 찾았다는 반가운 마음에 다가가는데 타이크가 무섭게 으르렁거리며 마치 공격할 것처럼 발톱을 세웠다. 나는 순간적으로 당황했다.

'뭔가 변화가 일어났구나.'

나는 리틀타이크와 거리를 두고 멀찍이 앉았다. 일단 내 안에서 사자에 대한 공포를 극복하는 것이 먼저였기 때문이다.

앉아서 많은 생각을 했다. 차 사고의 공포가 온순했던 사자에게 잊고 있었던 야생성을 되찾게 하는 계기가 됐을 수도 있다. 그렇다면 리틀타이크와 함께했던 2년 6개월의 달콤했던 시간을 이제는 잊어야

하는 걸까? 지금 타이크에게는 그 시간들이 거부하고 싶은 거대한 분노로 느껴지는 걸까? 언젠가 사자가 우리를 공격할 거라던 냉소가들의 예언이 사실이 되는 걸까?

그러나 그 순간에도 나는 리틀타이크에 대한 믿음을 저버릴 수 없었다. 나는 마음을 가라앉히고 여느 때와 같은 차분한 목소리로 타이크에게 끊임없이 말을 했다. 여기서 도망갈 수는 없었다.

그렇게 시간은 계속 흘렀다. 그리고 해가 뉘엿뉘엿 질 때쯤 타이크는 마음의 안정을 되찾은 것처럼 보였다. 천천히 그루터기에서 내려오더니 언덕을 걸어 내려가 정확하게 자기가 앉았던 차의 뒷자리에 조용히 올라탔다. 충돌과 함께 물건들이 날아다니고, 자기 또한 심하게 내동댕이쳐졌던 자리였을 텐데도 타이크는 별 거부감 없이 그 자리에 앉았다.

주변에 어둠이 깔리기 시작했다. 나는 서둘러 구겨진 차를 손보고 다시 집을 향해 출발했다. 어둠을 뚫고 집에 도착하기까지 상당한 시간이 걸렸고, 모퉁이를 돌 때마다 차가 덜컥거리는 바람에 여간 애를 먹은 게 아니었다. 브레이크를 밟을 때마다 차는 굉음을 냈고 나는 그게 또 리틀타이크를 자극할까 봐 머리가 쭈뼛쭈뼛 서는 것을 느끼면서 조심조심 운전을 했다.

교통 사고와 야생성의 상관관계

나는 집에 돌아와 아내에게 모든 걸 다 말하지 않았다. 도착할 시

간이 지났는데도 도착하지 않아 초조하게 기다리던 아내에게 걱정거리를 더 안겨 주고 싶지 않았기 때문이다. 별일 아닌 듯이 차 사고에 대해 가볍게 이야기하고 나는 입었던 갈색 작업복을 벗고 집에서 입는 옷으로 갈아입었다.

리틀타이크는 집에 오니 완전히 안정을 되찾은 것 같았다. 먹이를 주고, 잠자리를 봐 주며 유심히 살폈는데 다른 날과 별다른 차이가 없었다. 일단 안심한 후 나는 사고 지점으로 차를 몰고 가 두고 온 말들을 데려왔다.

다음 날에도 리틀타이크는 예전과 같은 온순한 모습으로 하루를 시작했다. 사고는 이미 잊은 걸까? 그런 타이크의 모습에 나도 기뻤다.

그런데 타이크가 갈색 작업복과 그날의 차 사고를 연결시키고 있다는 걸 몇 주가 흐른 뒤에 깨달았다. 어느 날 나는 외부에 일이 있어서 갈색 작업복으로 갈아입었는데 갑자기 리틀타이크가 으르렁거리며 공격 태세를 취하는 것이 아닌가.

"리틀타이크, 나야, 왜 그래?"

처음에는 그 이유를 몰라 나도 아내도 너무 당황했다. 외출하려던 계획도 취소하고 으르렁대는 타이크를 보며 쩔쩔매고 있는데, 그때 마침 옷 생각이 났고 나는 재빨리 갈색 작업복을 벗었다. 그랬더니 타이크가 으르렁거리는 걸 멈추고 코를 부비며 다시 평소의 모습으로 돌아오는 것이 아닌가.

그제서야 나는 갈색 작업복이 우리 둘 모두에게 큰 상처를 남겼다는 것을 알았다. 리틀타이크에게 갈색 작업복은 무시무시했던 사고를 떠올리게 하는 공포의 고리였던 셈이다.

그 이후로 나는 그 옷을 입지 않고 있다가 혹시 하는 마음에 몇 년이 지난 후 다시 한 번 그 옷을 꺼내 입었는데 그때도 타이크는 크게 화를 냈다. 몇 년이 지났는데도 기억을 하다니 리틀타이크의 기억력에 새삼 놀랐고, 몇 년 동안이나 잊지 못할 정도로 사고가 타이크에게 그렇게 큰 공포였다라고 생각하니 미안했다.

리틀타이크, 몇 년 후에도 공포에 떨 정도로 무서웠던 사고를 당하게 해서 미안하구나. 하지만 그 사건으로 네 기억력이 그렇게 뛰어나다는 것을 알게 되어 우리 부부가 크게 감탄했으니 그렇게 억울해하지는 말거라.

집에 사자가 있으니 주의!

사자와 보내는 일상

사람들은 사자와 보내는 하루가 어떨지에 대해 많이 궁금해한다. 하지만 특별히 해 줄 이야기가 없다. 사자라서 덩치가 큰 것뿐이지 개나 고양이 등 다른 반려동물과 사는 것과 별반 다르지 않기 때문이다.

리틀타이크가 새끼 사자였을 때는 여느 생명체의 새끼가 다 그렇듯 끊임없이 애정을 받기 위해 애썼다. 리틀타이크는 나와 아내 사이를 부지런히 오가며 예뻐해 달라고 졸랐다. 나한테 와서 자꾸 비벼 쓰다듬어 주면 어느새 아내 마거릿에게 가서 비비고 있었다. 이렇게 나와 아내의 사랑을 동시에 받기 위해 애쓰는 버릇은 다 자란 후에도 계속되었다.

낮에는 일을 나가는 우리 부부를 따라다녔기 때문에 타이크는 차를 타는 일에 익숙했다. 그럴 때면 뒷다리는 운전하는 내 무릎에 올려놓고, 머리는 마거릿 쪽에 두고 편안히 누워서 드라이브를 즐겼다. 언제나 그 방향이었다.

가끔은 마거릿을 두고 우리끼리 외부 일을 보고 집에 돌아올 때가 있었는데 그럴 때면 집에 도착하자마자 마거릿이 있는 곳으로 곧장 달려가 벌러덩 드러누웠다. 오랜만에 봤으니 자기를 예뻐해 달라는 타이크 나름의 애교 섞인 행동이었다. 아무리 장거리 승차를 하고 와서 힘들어도 이 의식을 거른 적이 없을 정도였다.

또 마거릿이 요리를 할 때면 타이크는 부엌에 있는 것을 좋아했다. 게다가 그냥 있는 것도 아니고 그 큰 몸집을 뒤집어 벌러덩 누워 있기 때문에 작은 부엌이 더 좁게 느껴질 정도였다. 하지만 마거릿은 싫은 기색 한 번 하지 않고 리틀타이크의 몸을 이리저리 바쁘게 넘어다니며 빵을 굽고 요리를 했다. 그럴 때면 타이크는 요리 수업을 듣는 진지한 학생처럼 마거릿에게서 눈을 떼지 않았다.

매일 이렇게 지내다 보니 우리 부부 눈에는 커다란 사자의 몸집이 가끔 보이지 않을 때가 있었다. 마치 공기처럼 너무 당연하게 느껴져서 말이다. 어느 날인가 나는 잔뜩 지치고 배고픈 상태로 집에 도착해 오자마자 거실 소파에 몸을 던지며 물었다.

"타이크는 어디 있어?"

그러자 마거릿이 웃으며 대답했다.

"무슨 소리예요, 당신 들어오면서 지나쳤잖아요."

마거릿과 나는 지금도 이 이야기를 할 때마다 웃음을 터트린다.

아내는 장난 삼아 이렇게 말하곤 했다.

"집 안에서 개 한 마리 키우는 것보다 사자 수십 마리 키우는 게 더 편한 것 같아요."

사실 사자는 집 밖에서도 가장 깨끗한 곳을 골라 디디려고 애쓰는 습성을 가진 동물이다. 고양이처럼 혀로 자기 몸을 깨끗하게 핥는 행동도 자주 해 항상 깨끗함을 유지한다. 흙탕물에서 뛰어다니다가 집에 뛰어 들어오고, 잔디밭에 구멍을 파고, 화분 흙을 다 파헤쳐 놓는 우리 집의 극성스런 개들과 비교하면 확실히 함께 살기 수월하긴 하다.

리틀타이크가 좋아하는 일 중 하나는 텔레비전 보기이다. 타이크

오전 8시는 마거릿과 리틀타이크의 아침 식사 시간이다.

는 마룻바닥이든 소파든 자기가 좋아하는 곳에 자리를 턱 잡고 앉아서 텔레비전 보기를 좋아하는데 특히 서부극을 볼 때는 얼마나 집중해서 보는지 모른다. 서부극에서 철컥 하고 말에 재갈을 채우는 소리가 나거나 날카로운 총성이 들릴 때면 집중하느라 이름을 골백번 소리쳐 불러도 들은 척도 하지 않는다.

밤이 다가오고 슬슬 텔레비전도 지겨워지면 리틀타이크는 3미터가 넘는 몸을 쭉 뻗고 좋아하는 음악을 자장가 삼아 깊은 잠에 빠져든다. 졸릴 때면 마거릿에게 느릿느릿 걸어가 머리를 무릎에 올려놓고 귀를 만져 달라고 응석을 부리기도 한다. 아내가 귀를 살살 만져주면 리틀타이크는 그 상태로 스르르 잠에 빠져든다.

'사자 → 공작 → 개'의 순서

우리는 리틀타이크와 같이 살면서 사자가 무척 예민한 동물이라는 사실을 새롭게 알게 되었다. 몸집 큰 맹수라 예민함과는 거리가 먼 줄 알았는데 말이다.

예를 들면 깊은 밤, 곤히 자던 타이크가 갑자기 벌떡 일어나 바짝 긴장할 때가 있다. 이상하다 싶어 숨을 죽이고 가만히 있으면 어김없이 몇 초 후에 목장의 공작들이 횃대에서 울어대고 연이어 몇 초 뒤에는 개들이 짖는다. 그러곤 잠시 후에 목장 옆 도로로 차가 쌩 지나가는 소리가 들린다. 누가 걸어오는지, 어떤 차가 지나가는지 그 기척을 가장 빨리 알아채는 동물이 바로 리틀타이크였다. 그러니 순서

가 '사자 → 공작 → 개'인 셈이다.

그래서 우리는 신기한 마음에 리틀타이크를 잘 관찰해 보았다. 그랬더니 리틀타이크는 한쪽 발바닥을 항상 바닥에 찰싹 붙인 상태로 잠을 잤다. 그래서 우리는 이런 습관이 오랜 세월 축적되면서 사자에게는 진동을 예민하게 감지하는 능력이 생긴 게 아닐까 생각했다. 물론 전문가가 아닌 우리만의 아마추어적인 상상이지만 사자나 동물들의 습성에 대해 알아가는 이런 일 하나하나가 우리에게는 흥미진진

한쪽 발바닥을 바닥에 찰싹 붙인 채 잠든 리틀타이크

한 모험과 같았다.

리틀타이크는 어린아이처럼 손님 오는 것을 무척 좋아했는데, 손님이 올 때면 장난치는 것도 잊는 법이 없었다. 타이크는 누군가 집으로 다가올 때면 그들이 라일락 울타리를 따라서 걸어오는 동안 울타리 반대편에서 소리 없이 살금살금 따라 걷는다. 그러다가 손님들이 눈치채지 못했다고 판단되면 갑자기 마구 달려서 사람 앞에 짠 하고 나타났다.

이럴 때면 정문에 붙은 '집에 사자가 있으니 주의!'라는 경고문은 아무 의미가 없다. 아무리 심장이 강한 사람도 사자가 갑자기 자기에게 달려드는데 놀라지 않을 수 있겠는가. 한 번 타이크에게 당한 사람들은 경고문을 꼼꼼히 읽고 다음에는 당하지 않으리라 다짐하지만 타이크의 이런 장난에 재차 당했다고 놀라지 않는 사람을 우리는 보지 못했다. 이렇게 타이크는 낯선 사람들을 놀리는 것을 좋아했고 손님이 찾아오는 것도 무척 좋아했다.

타이크의 사람 골탕 먹이기

우리는 리틀타이크와 살면서 단 한 번도 아무 이유 없이 타이크의 장난감을 뺏거나 노는 걸 억지로 멈추게 한 적이 없다. 이런 육아 방침은 우리 아이들이나 다른 동물들을 키울 때도 마찬가지였다. 그러다 보니 가끔 난처할 때가 있다.

　한번은 친구를 집에 초대했는데 그녀는 리틀타이크에게 들키지 않으려고 신발을 조용히 벗었지만 타이크는 금세 알아차리고 쏜살같이 달려와 방금 벗은 구두를 물고 도망가 버렸다. 타이크에게 인간의 신발은 그저 장난감일 뿐이었으니 억지로 뺏을 수도 없었다. 게다가 우리는 강압적으로 무언가를 뺏은 적이 단 한 번도 없었기 때문에 더욱 방법이 없었다. 그럴 때면 타이크가 가장 좋아하는 장난감과 신발을 교환하는 것으로 타협했다. 그렇지 않으면 타이크는 절대로 새로 생긴 장난감을 내놓지 않으니까.

　난방용 기름을 배달하러 온 청년도 리틀타이크에게 장난 삼아 모자를 던졌다가 결국 빈손으로 돌아간 일도 있다. 모자를 입에 문 리틀타이크는 마치 개처럼 달려와 다시 모자를 던져 달라고 했고 모자 던지기 놀이는 타이크가 지칠 때까지 계속되었다. 결국 청년은 자신의 모자를 포기하고 우리 집을 떠나야 했다.

　우리도 타이크의 사람 골탕 먹이기에 한 패가 된 적이 있다. 하루는 처음 가는 주유소에서 기름을 넣을 일이 있었다. 차가 도착하자 한 명이 기름을 넣는 동안 다른 직원은 엔진 오일과 타이어 공기압을 점검했고, 또 다른 한 명은 차의 창문을 닦았다.

　나는 차 밖으로 나와 사무실 쪽으로 걸어가며 창문을 닦는 직원에게 창문 안쪽도 닦아 줄 수 있냐고 물었다.

　"물론이죠."

　그리고 난 후 나는 다른 직원들에게 장난스럽게 눈짓을 하며 그 사람을 쳐다보라고 했다. 그러자 잠시 후 들리는 피가 얼어붙을 듯한 비명 소리. 차 문을 열자 커다란 사자 한 마리가 좌석에 앉아 눈을 멀뚱거리고 있었으니 당연한 일 아니겠는가! 나는 다른 직원들과 한바탕 웃고 그 직원에게 사과한 후 주유소를 빠져나왔다. 백미러를 통해 그 직원이 우리가 떠난 후에도 넋이 빠진 듯 우두커니 서 있는 것을 보고 반성도 좀 하면서!

한 번은 이런 일도 있었다. 철강회사 사장을 저녁 식사에 초대해서 막 식사를 할 참이었는데, 갑자기 사고가 생겨 내가 급하게 자리를 떠야 했다. 서커스 기차가 사고를 당해 몇몇 동물이 사라진 긴급 사태가 발생했다는 소식이 들려왔기 때문이다. 나는 가능한 한 빨리 돌아오겠다고 약속했고 사장은 마거릿과 함께 집에서 나를 기다리기로 했다.

손님과 마거릿은 거실에 앉아 열차 사고로 사라진 야생동물들이 어디에 있을지에 대해 한창 이야기를 나누고 있었다. 그때 갑자기 문이 벌컥 열렸다. 그러고는 리틀타이크가 어슬렁거리며 들어와 손님 쪽으로 걸어갔다. 손님이 어찌 되었을까? 당연히 그는 바로 정신을 잃었고, 두 시간이 지나서야 겨우 정신을 차렸다. 사장은 서커스 기차에서 탈출한 사자가 그곳에 나타난 줄 알았던 것이다. 그래도 그 사람은 철강회사 사장이라 심장이 철강처럼 튼튼해서인지 정신을 차린 후 함께 저녁 식사도 하고 떠났다.

사자와
여행 다니기

더블 침대가 두 개인 방으로 주세요!

리틀타이크는 우리와 함께 여행을 꽤 많이 다녔다. 타이크가 다닌 여행 거리를 얼추 계산해도 20만 킬로미터가 넘는 것 같으니 정말 많이도 다녔다.

우리는 여행지에서 항상 더블 침대가 두 개 있는 큰 방을 잡았다. 한 침대에서는 우리 부부가 자고, 당연히 다른 한 침대는 리틀타이크 용이었다. 방을 두 개 잡아 리틀타이크를 다른 방에 재우는 건 절대 불가능했다. 다른 방에 재웠다가는 몇 분마다 일어나 우리 방을 두들겨 댈 게 뻔했기 때문이다.

여행지에서 타이크는 혹시 우리가 자신을 떠날까 봐 걱정하는 게 보였다. 타이크는 우리 부부가 자신의 유일한 가족이며 우리가 자신을 떠나면 혼자 남게 될 것이라고 생각하는지, 여행지에서는 항상 전전긍긍했다. 우리도 그런 타이크의 마음을 알기에 안심시키기 위해서라도 항상 같은 방을 사용했다.

가는 여행지마다 우리는 열렬한 환영을 받았다. 아니 정확하게 말하면 리틀타이크가 환영을 받았다. 덩치 큰 사자를 옆자리에 앉히고 여행하는 중년 부부라니 사람들의 호기심을 끌기에 충분하지 않은가. 게다가 타이크가 앞발을 창틀에 올려놓고 몸을 앞으로 쭉 빼면 주위는 온통 열광의 도가니가 되었다. 순식간에 사람들이 우리 차로 벌떼처럼 몰려들어 꼼짝달싹도 못하고 몇 시간을 보낸 적이 한두 번이 아니었다.

이럴 때면 타이크는 눈을 동그랗게 뜨고 몰려든 관중을 구경하는 걸 무척 즐겼다. 제 눈에도 수 많은 사람들이 자기를 보고 흥분하는 모습이 얼마나 재미있었을까? 그래서 우리는 돌발 사고가 나는 것만

사자는 매너 좋은 투숙객이다.

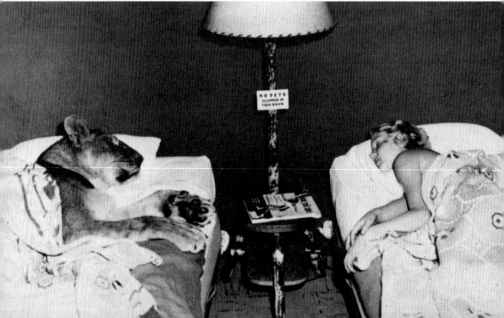

경계하면서 웬만하면 타이크가 사람들의 호기심을 즐기도록 내버려 두었다.

리틀타이크의 차 안 애정 공세

친구와 리틀타이크를 데리고 긴 여행을 떠난 적이 있는데, 그때를 생각하면 지금도 웃음이 난다.

출발하고 몇 시간 지나지 않아 백미러를 통해 뒤를 보니 타이크는 온통 불만스런 표정을 짓고 있었다. 이유는 자신만 뒷자리에 홀로 남겨졌기 때문이다. 실제로 나는 운전을 했고, 친구는 내 옆좌석에 앉아 있었으며, 타이크는 뒷좌석에 앉혀 두었다. 아내와 함께 여행을 할 때는 항상 앞좌석에서 몸을 쭉 펴고 누워서 여행을 했는데 갑자기 뒷좌석 신세가 되니 서러웠던 모양이다.

친구와 아직 친해지지 않은 상태여서 피차 그게 편할 거라고 생각했는데 그건 기우였다. 리틀타이크가 갑자기 앞좌석에 앉은 우리 사이로 160킬로그램의 몸을 쑥 밀어넣더니 슬금슬금 앞좌석으로 넘어오고 있었다. 그러더니 아내와 다닐 때처럼 둘 사이에 몸을 편하게 쭉 펴고 눕는 게 아닌가. 내 친구와 나는 갑작스럽게 각각 80킬로그램 가까운 무게를 짊어져야 했다.

친구는 얼마 가지 못해 못 견디겠다고 비명을 질러댔다. 무거운 것도 무거운 거지만 타이크가 애정 표시로 친구의 눈썹을 여기저기 바꿔 가며 핥아댔기 때문이다. 나야 익숙하지만 친구는 견디기 힘들었

사자와 함께 신나는 여행을 떠나요!

나 보다.

결국 친구는 도망을 갔다. 애정 공세를 퍼붓는 타이크에게서 간신
히 몸을 빼내 달리는 차 안에서 뒷좌석으로 내뺀 것이다. 얼마나 다
급했으면! 하지만 친구의 행복은 짧았다. 친구가 만족한 표정으로
뺨에 잔뜩 묻은 침을 닦으며 한숨을 돌린 것도 잠시, 타이크는 다시
뒷좌석으로 넘어 가 새로 사귄 친구의 사랑을 계속 확인하고 싶어
했다.

결국 그날 산길을 따라 400킬로미터를 달리는 동안 친구는 타이

크의 과도한 애정을 피해 앞좌석에서 뒷좌석으로, 다시 뒤에서 앞으로 차 안을 정신없이 오가야 했다.

여행지에서 사라진 리틀타이크

그 후 우리는 타이크에게 딱 맞는 차를 한 대 구입했다. 차 안에 얇은 판으로 사방이 막힌 방 같은 작은 공간이 하나 있어서 우리는 바로 타이크를 위한 차라고 쾌재를 불렀다. 타이크의 방에는 작은 창문도 있어서 타이크가 밖을 내다보고 싶을 때는 언제든지 그럴 수 있었다. 그리고 타이크가 잠든 사이에는 창문을 닫아 놓으면 되므로 사람들의 과도한 관심 때문에 타이크가 스트레스를 받는 일 또한 없게 되었다. 전에 비해 사생활을 누릴 공간을 확보한 리틀타이크는 더 즐겁게 여행을 즐기게 되었다. 물론 깨어 있을 때는 여전히 앞좌석에 와서 우리를 괴롭혔지만!

먼 곳에 있는 친구들을 방문할 수 있었던 것도 바로 이 차 덕분이었다. 차를 타고 가는 동안 타이크는 피곤하면 방에 들어가 잠을 잤는데 엿보는 시선에서 해방되었으므로 집에서 자는 듯 평화로운 휴식을 취할 수 있었다. 그래서 이 차를 장만한 후 우리 부부는 별걱정 없이 장거리 여행을 떠나곤 했다.

사실 우리 부부는 만나는 사람들이 한정되어 있다. 동물을 싫어하는 사람들과는 만남을 가지지 않는 편이라 대부분의 친구들이 동물을 사랑하는 사람들이다. 물론 그러다 보니 교류의 폭이 좁다는 단점도 있지만 반면 우리가 여행을 다니며 만나는 사람들마다 리틀타이크를 열렬히 환영해 준다는 장점도 있었다.

시골에 살고 있는 친구를 방문했을 때의 일이다. 공교롭게도 이 친구 집에는 여분의 침실이 하나밖에 없어서 우리는 타이크를 차에서 재우기로 했다. 비좁게 자느니 타이크가 좋아하는 차에 딸린 방에서 재우는 게 낫겠다는 판단에서였다. 그래서 차에 매트리스를 깔고 그 위에 타이크를 재웠다.

몇 시간 후, 타이크가 잘 자고 있는지 궁금해 확인하러 갔다가 나는 깜짝 놀라고 말았다. 차 뒷문은 열려 있고 타이크가 보이지 않았기 때문이다. 문을 닫을 때 안쪽의 작은 고리를 하나 더 잠그는 걸 잊은 모양이었다. 리틀타이크가 힘을 써서 문의 빗장을 풀고 뛰쳐나간 게 틀림없었다.

아찔했다. 순간적으로 머릿속에는 온갖 상념이 스쳐 지나갔다. 친구 집에서 얼마 떨어지지 않은 곳에는 번잡한 고속도로와 철도가 있었다. 타이크가 그쪽으로 갔다면 사고를 당할 확률이 너무 높았다.

우리 부부는 손전등을 들고 타이크를 찾아나섰고, 만일의 사태를 대비해 다른 손님들은 집 안으로 대피시켰다. 우리는 힘껏 소리쳐 부르며 돌아다녔지만 익숙한 사자의 울음소리를 들을 수 없었고, 시골 동네의 밤은 뭐 하나 움직이는 소리도 들리지 않을 정도로 고요하기만 했다.

마음이 점점 초조해지던 찰나 저 멀리서 문이 열린 헛간이 보였다.

우리는 천천히 다가가 헛간의 불을 켜고 심호흡을 한 번 한 후 머리를 디밀어 안을 들여다보았다. 여기가 마지막 희망이었기 때문에 절박한 가슴은 마구 쿵쾅거리고 있었다.

"리틀타이크, 임마, 너 여기 있었구나."

그곳에 타이크가 있었다. 우리 부부는 갑자기 긴장이 풀려 안도의 한숨을 내쉬며 그만 주저앉고 말았다. 그런데 이런 우리 행색과는 달리 리틀타이크는 왠지 신나 보였다.

타이크는 병사를 사열시키는 장교마냥 확신에 찬 태도로 길게 늘어선 말과 소의 뒤를 어슬렁거리며 왔다갔다하고 있었다. 새로운 친구들이 많아 흥분한 것 같았다. 그사이 야생 암탉은 미친 듯 꼬꼬댁거리며 여물통 사이를 날아다니고 있었지만 타이크는 신경도 쓰지 않았다.

여느 사자 같으면 그곳은 이미 초토화되었을 것이다. 소, 말, 닭 등 사자의 먹이가 될 초식동물들이 널려 있었기 때문이다. 하지만 타이크가 있는 헛간은 아무 일도 일어나지 않았고 평화로웠다. 물론 닭들은 조금 놀랐지만. 우리는 주저앉은 채로 아무 사고도 저지르지 않은 사자의 등을 쓰다듬어 주었다.

야생동물은
난폭한가?

단지 인간을 두려워할 뿐

리틀타이크는 나와 마거릿을 절대적으로 신뢰했다. 아니 신뢰하다 못해 응석을 부렸다. 내게 혼날 것 같은 일을 저질렀을 때에는 마거릿에게 달려가 아기처럼 응석을 부려 위기를 모면했고, 반대로 마거릿에게 야단 맞을 짓을 했을 때에는 내게 와서 억울함을 호소했다.

사자와 함께 살아보지 않은 사람들은 때로는 죽일 듯이 싸우고, 살아 있는 동물을 사냥하며 살아가는 아프리카의 맹수가 이렇게 행동할 수 있다는 걸 상상하지 못할 것이다. 하지만 아무리 사자라고 해도 함께 살아가는 무리가 인간인 이상 인간에게 자신의 행동을 이해시키고 설득시킬 수많은 수단을 갖고 있는 건 당연하다.

나와 아내는 리틀타이크와 살면서 야생동물의 본능을 존중하려고 노력했다. 야생동물은 인간이나 가축화된 동물이 갖고 있지 않은 제

7의 감각을 소유하고 있다고 인정하고 우리와 뭔가 다른 행동을 보여도 이해하려고 애썼다.

야생동물은 가축과 다르다. 오랜 세월에 걸쳐 인간에게 길들여진 가축에게 야생의 본능이란 없다. 인간에게 완벽하게 억압된 동물인 가축은 감각이 무뎌지거나 인간의 변덕스런 욕망에 좌지우지되는 힘 없는 동물이 되었다.

하지만 야생동물에게는 아직도 제7의 감각이라는 위대한 야생 본능이 살아 있다. 인간 또한 직관이나 직감과 같은 야생 본능의 일부를 갖고 있지만 지금은 다 잊고 살고 있다. 그러므로 우리 부부는 야생동물을 그저 난폭한 동물이 아니라 인간이 잃어버린 무언가를 갖고 있는 동물이라고 이해했고, 우리와 함께 살고 있는 리틀타이크도 그러한 야생동물과 다름없다고 생각했다.

사람들은 흔히 야생동물을 가까이 하기 어려운 동물이라고 생각한다. 하지만 야생동물들은 인간과 친하게 지내기를 거부하는 동물이 아니다. 가까운 호수에라도 나가 야생 오리에게 먹이를 주거나 근처 공원에 가서 사슴에게 먹이를 건네 본 사람이라면 이 말이 사실임을 알 것이다. 가까이 하기를 꺼리는 건 오히려 인간이다.

그런데도 사람들은 왜 야생동물이 거칠고 포악하다고만 생각할까? 그건 동물들의 폭력적 본능 때문이 아니라 인간 때문이다. 인간은 자연을 망치고 파괴해 수많은 야생동물을 오갈 데 없게 만들었고, 숲과 정글로부터 동물들을 몰아내고 있다. 그런 상황이니 야생동물이 인간에게 친화적일 수 있겠는가? 인간의 자연 파괴가 야생동물을 폭력적으로 만들고 있다. 그렇지 않다면 야생동물들은 인간과 별 상관 없이 그들 나름의 규칙을 갖고 평화롭게 자연 속에서 살아갈 것이다.

자신들의 생존을 위협하는 존재에게 저항하는 것을 잔인하다고 하면 안 된다. 야생동물도 마찬가지이다. 인간이 자신들에게 해를 가하지 않는다면 그들이 인간을 멀리하고 난폭하게 굴 이유는 아무것도 없다. 그러니 우리가 한 일을 잊고 '야생동물 = 난폭함'이라고 생각하는 우를 범하지 않기를 바란다.

야생동물은 본능적으로 난폭하지 않다. 단지 인간을 두려워할 뿐!

죽여야 할 어떤 이유도 없다

어느 날 우리는 리틀타이크와 함께 꽃이 활짝 핀 초원과 숲이 우거진 강둑을 산책하며 몇 년 전 우리를 방문했던 종군 기자가 했던 말을 떠올렸다. 전쟁의 한가운데서 전쟁의 참상을 취재하는 종군기자였던 그는 우리 목장을 방문한 뒤 자신의 느낌을 신문에 기고했다.

"……그 부부는 공포란 말이 존재하지 않는 작은 세계를 창조하고 있었다. 작은 사랑의 오아시스, 그곳에서 양과 사자는 함께 평화롭게 노닌다. ……자유와 평화만이 그 세계의 원칙이다. 죽여야 할 어떤 이유도 없다……."

글에서 그는 세계 곳곳에서 벌어지는 전쟁과 폭력을 언급한 끝에 이런 구절을 덧붙였다.

"……이런 참상 속에서 히든밸리 목장에서의 실험은 그저 우연이라고, 가십거리라고 치부될 수도 있다. 이 문제 많은 시대에 잠시 나타났다가 사라지는 신기루라고. 물론 전쟁도, 배고픔도, 공포도 없는 그 작은 공간, 그곳에서의 평화는 단지 동물과 인간 사이의 우연하고 짧은 휴전일 뿐이라고 생각할 수도 있다. 하지만 설사 그렇다고 하더라도 이 시기에 히든밸리 목장이 주목받을 가치는 충분하다."

머리 위로 쉴 새 없이 포탄이 날아다니고 폭탄에 무고한 인명이 사라져 가는 것을 안타깝게 지켜봐야 하는 그에게 히든밸리 목장의 평화가 신기하기도 하고 부럽기도 했을 것이다. 우리는 그 기자의 마음을 충분히 이해했다.

우리에게도 전쟁의 참상이 남의 일만이 아닌 시절이 있었다. 전쟁터에 나간 아들의 소식을 목 빠지게 기다리던 시절, 우리는 초조함을 이기기 위해 리틀타이크를 비롯한 여러 동물과 함께 긴 산책 행렬을 만들어 초원에서 초원으로 쏘다녔다.

그리고 마침내 아들이 태평양의 섬에서 실종되었다는 전갈이 도착했고, 그 소식은 우리 부부를 무너뜨렸다. 우리는 이렇게 평화로운 목장에서 살아가는데, 한쪽에서는 전쟁으로 목숨을 잃는 삶이 공존한다는 사실을 받아들이기가 힘들었다. 아들의 죽음을 이렇게 받아들여야 하다니. 지구의 한켠에서 죽어 간 아들에게 아무것도 해 줄 수 없었기에 우리 부부는 너무 큰 무력감을 느꼈다.

시간이 흐른 어느 날, 나는 바닷가에서 리틀타이크와 마거릿의 모

마거릿과 리틀타이크

습을 무심히 쳐다보고 있었다. 아내와 타이크는 밀려왔다 밀려가는
거대한 파도와 장난을 치기도 하고 따스한 모래 위를 걷기도 했다.
그들을 보며 나는 중얼거렸다.

　"이런 광경이 태평양(the Pacific)이라는 이름에 걸맞지. 태평양은 평
화롭다는 뜻이잖아……."

타이크는 놀고, 사람들은 도망가고

여행지에서도 리틀타이크에 대해 모르는 사람들은 혼비백산할 때
가 많다. 언젠가 남부 쪽을 여행할 때였는데, 타이크가 이른 아침 쑥
이 드문드문 올라온 길을 산책하는 걸 좋아해서 매일 산책을 나갔다.

태양이 지평선에서 막 고개를 내밀며 첫 빛줄기를 내밀던 새벽이
었다. 우리 옆에서 걷던 타이크가 갑자기 풀숲에서 튀어나와 우리를
깜짝 놀래켰다. 고양이 정도가 겨우 숨을 정도의 작은 덤불에 덩치
큰 타이크가 어떻게 숨어 있었는지 모를 일이었다. 정말 노는 일에는
온몸을 다 바치는 타이크이다.

우리가 깜짝 놀라자 자신이 벌인 놀이에 신이 난 타이크는 또다시
다른 덤불에 숨으려고 도망을 갔다. 우리는 타이크의 모습을 놓치지
않으려고 눈으로 쫓으며 애를 썼지만 허사였다. 타이크는 번번이 불
쑥 나타나 우리를 바보로 만들며 즐거워했다.

우리는 사막 한가운데에 있는 재미있는 정원도 방문했다. 빽빽하
게 자란 나무들이 시원한 초록의 지붕을 만들어 준 덕분에 우리는 그
늘 속에서 기분 좋게 걸을 수 있었다.

수확기를 맞아 일꾼들이 바쁘게 일하고 있었다. 높은 가지에 매달
린 과일을 따느라 애쓰고 있는 사람도 보였고, 과실나무 밑에서 끊임
없이 바구니를 비우는 사람도 있었다. 또 한쪽에서는 트럭에 과일을
싣느라 바쁘게 움직이고 있었고, 사람들은 노래를 부르며 신나고 즐

겁게 일하고 있었다. 그런데 그 순간 까아아악!

그 비명 소리가 늘릴 때까지 우리는 인간과 사자가 나란히 걷고 있는 게 얼마나 이상하게 비칠지 미처 생각지 못했다. 순식간에 그 많던 일꾼들이 자취를 감췄고, 야자수나무 위에서 일하던 사람들도 나무를 붙들고 부들부들 떨고 있었다. 우리는 그저 산책을 하고 있었을 뿐인데!

야생동물도 첫인상이 중요하다!

대개의 동물은 첫인상으로 상대를 좋아하고 싫어하고를 결정하는데, 우리가 리틀타이크와 살아 보니 사자는 특히 심했다.

타이크가 새끼였을 때 마거릿이 입원한 병원에 차를 세운 후 서둘러 길을 걸어갈 때의 일이다. 당시 타이크는 생후 며칠밖에 되지 않은 새끼였는데도 지나는 사람들마다 다른 반응을 보였다. 어떤 사람에게는 공격성을 드러내고 으르렁거리더니 어떤 사람에게는 코를 부비며 애정을 표현했다. 어린 시절에도 사람마다 뭔가 느낌이 달랐나 보다.

또한 리틀타이크는 사람들이 어떤 생각을 하고 있는지 금세 알아차렸다. 아마도 사람의 마음을 읽는 능력이 있었던 것 같다. 그렇게 상대의 마음을 읽은 뒤 상대가 맘에 들지 않으면 완벽하게 무시하고 깔보았다. 이것은 고양이와 비슷한 행동 방식이다.

우리는 항상 고양이와 살았기 때문에 타이크가 상대를 좋아하는지

싫어하는지 금세 알아챌 수 있었다. 타이크는 싫어하는 사람을 만나면 동공이 가늘어지다 못해 바늘구멍처럼 좁아지고 몸짓에서는 고양잇과 특유의 도도함이 철철 넘쳤다. 반면 좋아하는 사람을 만나면 잔디밭에서 뒹굴거리며 자신의 손발을 핥을 때처럼 금방 즐거운 눈빛이 되었다.

채식주의자로 잘 알려진 영화배우 글로리아 스완슨이 목장을 방문했을 때의 일이다. 그녀는 아무 거리낌 없이 자연스럽게 사자와 함께

리틀타이크는 목장 근처 숲 속으로 산책 나가는 걸 아주 좋아했다.

풀밭을 뒹굴며 놀았다. 사자가 아니라 큰 고양이와 함께 있는 듯한 모습이었고 리틀타이크도 거리낌 없이 그녀와 함께 놀았다. 마음에 들었다는 뜻이다. 같은 채식주의자라 동질감이 느껴졌던 것일까?

타이크를 만나기 위해 히든밸리 목장을 찾은 사람들은 셀 수 없이 많다. 국경을 넘어, 인종과 성별과 나이를 넘어 온갖 다양한 사람들이 타이크를 만나 함께 즐거운 시간을 보내다 돌아갔다. 처음에는 생각보다 큰 타이크의 몸집에 다소 주저했던 사람들도 이내 타이크와 하나가 되어 놀았다. 타이크도 자신에게 호의를 갖고 찾아온 사람들에게는 대부분 마음을 열고 대했다.

공중파 방송의 여성 뉴스 진행자가 온 적이 있다. 평소에 딱딱하고 단호한 목소리로 방송을 하는 여성이라 혹시 리틀타이크가 싫어하지 않을까 걱정한 것이 사실이다. 하지만 다음 날 저녁 뉴스 시간에 그 여성 진행자는 다음과 같은 멘트의 기사를 리틀타이크의 편안한 모습과 함께 전국에 내보냈다.

"어제 저녁 저는 히든밸리 목장에 살고 있는 아프리카사자와 산책을 했습니다. 다 큰 사자가 바로 옆에서 제 몸에 기대는데도 전혀 무섭지 않았습니다."

카메라!
액션!

사자가 꼬마를 덮치는 장면?

리틀타이크는 영화에 출연한 적도 있다. 어느 날 할리우드 영화 제작자로부터 연락이 왔다. 사막에서 사자가 어린애를 몰래 덮치는 장면을 찍고 싶은데 리틀타이크가 연기를 해 줄 수 있는지를 물어보는 전화였다. 우리는 타이크가 영화에 나올 수 있다는 말에 흥분해 더 생각도 하지 않고 바로 승낙했다.

제작자는 그 장면이 영화의 핵심이며, 리허설이 절대 불가능하므로 한 번에 제대로 찍는 게 관건이라고 했다.

"타이크는 아이를 몰래 쫓아가다가 한 순간에 아이를 향해 돌진해야 합니다. 아무런 해를 끼치지 않고 제때 멈출 수 있을까요?"

제작자가 걱정스러운 얼굴로 물었다.

"사실 타이크가 이 엄청난 일을 해 준다고 해도 그 역에 걸맞는 아이를 찾아내는 것도 쉽지 않을 것 같습니다. 과연 사자를 무서워하지 않는 아이가 있을까요?"

자포자기한 말투로 그는 계속 말했다.

"게다가 설사 그런 아이가 있다 해도 부모의 동의를 받을 수 있을까요?"

제작자는 우리의 동의를 받고서도 도저히 자신이 없는지 자꾸 부정적인 말만 했다. 그래서 우리는 카메라 테스트를 받겠다고 나선 꼬마 여자애와 그 부모를 직접 만나기로 했다. 다행히 부모는 영화 촬영에 기꺼이 동의했다. 아이가 처음에는 타이크가 무서워 가까이 가지도 못하더니 언제 그랬냐는 듯 금방 타이크와 장난치며 노는 모습을 보자 믿음이 생긴 모양이었다. 부모는 타이크가 착하고 상냥한 '큰 고양이'라고 믿는 것 같았다.

촬영 당일 우리는 일찍 촬영 장소인 근처 사막으로 향했다. 청명한 하늘과 어우러진 모래언덕이 그야말로 장관이었다. 제작자와 스태프들이 장비를 설치하는 동안 꼬마와 부모는 리틀타이크와 놀고 있었다.

타이크가 찍을 장면을 간단하게 점검한 나는 부드럽게 움직이는 모래 위를 걸었다. 타이크와 조금 떨어진 곳에서 타이크가 해야 할 동작을 지시해야 했기 때문이다. 타이크에게는 움직이지 말고 엎드려 있으라고 이야기하고, 꼬마에게는 신발을 벗고 발가락으로 모래를 꼼지락거리고 있으라고 이야기했다.

리틀타이크가 등장하는 장면들의 스토리 전개는 이랬다. 꼬마는 사막에 홀로 남겨져 있다가 멀리서 사자의 으르렁 소리에 잠시 고개를 들어 주위를 둘러본다. 아무것도 보이지 않자 계속 모래 장난을 치는데 다시 으르렁거리는 소리가 좀 더 크게 들린다. 꼬마는 신발을 집어 들고 호기심 반 걱정 반으로 어깨너머를 힐끗거리다가 사자의 포효를 듣게 되고 죽을힘을 다해 도망간다. 그러자 사자가 꼬마를 쫓고 결국 사자는 꼬마를 덮친다. 이것이 꼬마와 타이크가 찍어야 할 장면이었다.

나는 먼저 아이 부모에게 무슨 일이 있어도 절대 소리를 질러서는 안 된다고 주의를 주었다. 비명 소리 때문에 타이크가 내 지시를 못 들을 수도 있고, 자칫 혼란한 상태에서 거리 조절을 못해 리틀타이크가 아이를 세게 덮칠 수도 있었기 때문이다.

앞부분은 무리 없이 잘 진행되었다. 마침내 타이크가 낮게 기어가면서 으르렁 소리를 내다가 도망치는 꼬마를 쫓아 점점 더 빠른 속도로 모래 위를 달리기 시작했다. 몇 초 되지 않아 타이크는 도망치는 아이와의 거리를 좁혔고, 크게 뛰어올라 내 지시대로 꼬마 위로 정확하게 떨어졌다.

겉보기에는 모든 게 제대로였다. 거대한 모래 먼지가 꼬마와 타이크 위로 피어올랐다. 우리는 조용히 먼지가 가라앉길 기다렸고, 깊은 정적이 우리를 감쌌다. 아이 부모에게는 그 시간이 마치 영원처럼 길게 느껴졌을 터였다. 하지만 꼬마의 부모는 끝까지 타이크에 대한 신뢰를 저버리지 않고 어린 딸이 사자의 큰 몸 바로 아래에 겹쳐져 있는데도 감독의 '컷!' 소리가 날 때까지 조용히 기다려 주었다.

촬영이 끝난 걸 알자 어린 소녀는 가녀린 팔을 뻗어 타이크의 목을 끌어당겼다. 아이는 사자를 꼭 끌어안고서는 헝클어진 곱슬머리를 흔들며 상냥한 목소리로 이렇게 말했다.

"바보야! 원래 계획보다 너무 세게 넘어졌잖아!"

사자가 걱정된다는 듯 아이는 작은 손을 사자의 목에 둘렀고 둘은 모래언덕에서 한참 동안 함께 놀았다.

어렵게 생각했던 장면이 단 한 번의 촬영으로 끝나자 사람들은 입을 딱 벌렸다. 특히 제작자와 감독은 믿을 수 없는 일이라며 흥분했다. 위험할 수 있다고 생각한 장면이 다른 장면보다 훨씬 더 수월하게 끝났기 때문이다. 하지만 우리는 수년간의 생활을 통해 타이크가 얼마나 온순한 동물인지 잘 알고 있었기에 타이크가 멋지게 해낼 거라는 걸 확신했었다. 영화배우 리틀타이크, 멋지다!

사자는
'애완'동물이 아니다

리틀타이크, 엄마를 알아보겠니?

어느 날 리틀타이크가 태어난 동물원에서 연락이 왔다. 동물원을 한 번 방문해 달라는 것이었다. 친구인 동물원장이 부탁할 일도 있고 타이크가 자신의 엄마를 알아보는지도 한 번 확인해 보자고 했다. 우리는 흔쾌히 응했다. 과연 리틀타이크가 본능적으로 자기를 낳고 버린 엄마를 기억하는지 궁금했기 때문이다.

비가 부슬부슬 내려 동물원 관람객이 적은 날을 택해 우리는 동물원을 방문했다.

리틀타이크와 우리 부부는 묵묵히 사자 우리로 향했다. 과연 리틀타이크는 엄마를 알아볼까? 또 자식을 버린 어미는 새끼를 알아볼까? 무슨 일인지 모르고 동물원에 오게 된 리틀타이크와는 달리 우리는 꽤 두근거리는 마음으로 사자 우리로 향했다.

하지만 우리의 기대가 너무나 인간적인 기대라는 게 곧 드러났다. 헤어진 후 처음 만난 사자 가족은 아무런 감흥이 없는 듯했다.

"리틀타이크, 엄마야, 저기가 아빠고. 모르겠어?"

셋 사이에 아무런 교감도 없는 무의미한 시간이 흘러가고 있었다. 결국 우리 부부와 타이크는 미련 없이 사자 우리를 떠났다.

사자 우리를 떠난 우리는 동물원을 걸었다. 앵무새 우리를 지날 때 앵무새가 소란스럽게 굴자 마땅치 않은 표정이 된 타이크는 빠른 걸음으로 건물 반대편 문을 머리로 급하게 밀치고 나갔다. 그때,

"끼야아악!"

비명 소리가 동물원을 흔들었다. 한 여자가 건물 안으로 들어오려고 계단을 올라오다가 타이크와 코가 부딪칠 만큼 정면으로 딱 마주쳤던 것이다. 사자가 사자 우리를 탈출해 자기를 사냥하러 왔다고 생각한 여자는 비명을 고래고래 지르면서 반대편 가파른 언덕으로 죽어라 하고 뛰었다. 또 그 여자의 조금 뒤에서 따라 올라오던 남자는 타이크를 보자 발이 얼어붙은 듯 도망가지도 못한 채 벌벌 떨며 서 있었다.

하지만 타이크가 여자를 따라 뛰지도, 남자를 덮치지도 않자 두 사람은 안도의 숨을 내쉬면서도 당혹스런 표정이었다. 그들 얼굴에는 '사자가 왜?'라고 써 있는 게 보였다. 우리는 웃지 말아야 하는 심각한 상황이라는 걸 알면서도 그 광경이 너무 웃겨 웃음을 터트리고 말았다. 우리는 계단에 앉아 리틀타이크를 어루만지며 위험하지 않은

사자라고 이리 와 보라고 두 사람에게 말해 주었지만 놀란 두 사람은
끝내 타이크 곁으로 오지 않았다.

어린이는 리틀타이크의 영원한 친구

우리는 천천히 잔디밭을 가로질러 오리, 거위, 백조가 노니는 호수
쪽으로 향했다. 타이크는 백조 무리에 흥미가 생기는지 호수 근처 풀
밭에 편안한 자세로 누웠다. 새로운 동물을 만날 때마다 타이크가 취
하는 이 자세는 공격 의사가 전혀 없음을 뜻한다.

그런데 그때 멀리서 한 꼬마가 풀밭을 가로질러 달려오더니 그대
로 타이크 품으로 돌진했다. 주위 사람들 모두 깜짝 놀랐는데 정작
꼬마는 어른들의 시선은 안중에도 없었다. 아이의 눈은 오로지 타이
크만 향해 있었고, 눈빛은 마치 아주 오래전부터 타이크와 알고 지낸
사이인 것처럼 친밀했다. 우리는 리틀타이크가 위험하지 않다는 것
을 주위 사람들에게 알리고 조용히 아이와 타이크의 교감을 지켜보
았다.

아이는 부드러우면서도 들뜬 목소리로 타이크에게 말을 건넸고,
타이크도 소년이 하는 말을 다 이해하는 듯 귀를 기울였다.

"나는 우리 집에 있는 개보다도, 어떤 동물보다도 네가 좋아. 너와
함께 살 수 있으면 얼마나 좋을까."

아이는 사자의 얼굴과 닿을 듯 말 듯 가까이 다가가 열렬하게 자
신의 사랑을 고백했다. 인형으로만 보던 사자를 직접 안을 수 있다

"나도 사자와 살고 싶어!"

니 아이가 흥분한 건 당연했다. 둘의 교감을 조용히 지켜보던 우리는 떠나야 할 시간이 되어 이제는 그만 헤어질 시간이라고 말해 주었다. 그러자 아이는 마치 사랑하는 사람을 놓치기 싫은 듯 두 팔로 타이크의 목을 꼭 끌어안으며 더 진한 사랑을 표현했다.

"리틀타이크, 이 세상의 멋진 개들을 전부 다 준다 해도 나는 네가 제일 좋아."

사자를 처음 안아 본 아이의 입에서는 많은 말이 쏟아져 나왔다. 집에 있는 사랑스러운 개가 질투하지 말기를! 다음 날 지역 신문 1면에는 이 둘의 사랑스런 사진이 실렸는데 이 사진은 우리 가족이 좋아하는 사진 중 하나이다.

아이와 헤어져 주차장으로 가는 길은 리틀타이크를 구경하려는 사람들로 혼잡했다. 우리는 타이크가 다치지 않게 조심조심하며 걷고 있었는데 그때 한 차에서 이런 목소리가 들렸다.

"저렇게 멋진 사자와 사진을 찍을 수 있으면 소원이 없겠다."

조용하게 들리는 가녀린 소리에 고개를 돌려 보니 다리에 장애가 있어서 차 밖으로 나와 리틀타이크를 맘껏 구경하지 못하는 한 소녀가 너무나 애타는 마음으로 앉아 있었다. 나는 한 치의 망설임도 없이 차 문을 열고 소녀를 번쩍 안아올려 리틀타이크와 함께 잔디밭에 앉혔다. 착하고 순한 리틀타이크 옆에서 소녀는 한없이 행복해했다. 소녀는 타이크의 황금빛 머리털에 아름다운 얼굴을 파묻으며 소원이라던 행복한 사진을 남겼다.

우리는 사냥을 반대한다

차에 올라타기 전에 우리는 잠시 곰 우리 앞에서 멈추었다. 갈색 곰은 우리를 보더니 벌떡 일어나 창살 사이로 발톱을 휘둘렀다. 우리는 깜짝 놀라 반걸음 뒤로 물러섰는데 리틀타이크는 전혀 놀라지 않고 다만 애틋한 눈길로 우리에 갇힌 곰을 쳐다보고 있었다. 타이크는 곰에게 연민을 느꼈던 걸까?

동물원을 떠나기 전에 친구인 동물원장이 내게 자신의 부탁을 한 가지만 더 들어줄 수 있겠느냐고 물었다. 막 출산한 어미 사슴이 새끼를 돌보려 하지 않으니 키워 줄 만한 사람이 필요하다는 것이었다. 우리는 어미에게 버려져 배고픔에 떨고 있는 새끼 사슴을 보는 순간 두 번 생각하지도 않고 다리가 부러질 듯 호리호리한 새끼 사슴을 차에 태우고 히든밸리 목장으로 돌아왔다.

돌아오자마자 마거릿은 따뜻하게 데운 우유를 새끼 사슴에게 먹였고, 타이크는 그 광경을 눈을 빛내며 지켜보았다. 마거릿은 모든 목장의 동물을 따뜻하고 세심하게 돌봤는데 새끼 사슴 역시 마거릿의 손길 아래 품위 있는 암사슴으로 성장해 갔다.

우리 부부는 사슴에게 베이비라는 이름을 붙여 주었다. 목장에서 태어나지 않고 목장으로 입양되어 온 세 마리 가족 리틀타이크와 베이비 그리고 이제는 다 자란 양이 된 베키가 목장의 동물들과 어울려 노는 모습을 보는 건 우리 부부의 큰 기쁨이었다.

베이비는 무척 재빠르고 우아한 사슴이었다. 베이비가 늘씬한 다

리로 우아하게 걸어와서는 애정을 듬뿍 담아 우리 부부의 뺨에 자신의 코를 비빌 때면 우리 부부는 이런 생각을 한다.

'이렇게 사랑스러운 동물을 취미로 죽이는 사람들은 뭘까? 사냥이라는 건 없어질 수 없을까?'

각 집마다 새끼 사슴을 키우는 게 법적으로 허락되어 그렇게 될 수만 있다면 새끼 사슴의 사랑스러움을 접해 본 많은 사람들이 사냥을 반대하지 않을까란 순진한 생각을 하기도 했다.

사람들은 취미로 멋진 사냥꾼이 되고 싶어하지만 그 취미 때문에 무고한 동물들이 피를 흘리며 죽는다는 사실을 사람들이 알았으면 좋겠다. 총에 맞은 동물은 극도의 고통을 참으면서 필사적으로 도망다니다 결국 죽음에 이르거나 살아남는다 해도 불구가 된다. 과연 다른 동물의 생명을 앗는 잔인한 행위를 취미라는 이름으로 쉽게 불러도 될까?

사자는 '애완'동물이 아니다

동물을 좋아하는 사람들이나 남과 다른 색다른 것을 즐기고 싶은 사람들이 간혹 사자를 '애완'동물로 키우고 싶어서 새끼 사자를 얻고 싶어한다. 하지만 우리 부부는 결코 타이크를 애완동물이라고 생각해 본 적이 없고, 그렇게 표현한 적도 없다. 우리는 리틀타이크를 가장 고귀한 야생동물 중 하나라고 생각한다. 우리는 타이크가 그저 인형처럼 귀여워서 키운 게 아니다. 오히려 타이크와 함께 살며 많은 것을 배웠다.

우리가 이렇게 말하면 사람들은, 당신들은 키우면서 왜 다른 사람이 키우는 건 반대하냐고 묻는다. 그건 바로 인간은 공포에 쉽게 사로잡히며, 두려움을 느끼면 잔인하게 반응하는 동물이기 때문이다. 내가 교통 사고 후 느꼈던 것처럼 사자와 함께 사는 동안 맞닥뜨리게 될 공포는 분명 큰 장애물이 될 것이고 그런 상황이 닥치면 인간은 사자를 쉽게 죽일 수 있는 무기를 갖고 있다는 게 문제이다. 모든 사자는 리틀타이크가 선천적으로 타고난 것처럼 온순하지 않기 때문이다.

예를 들어 내가 스크랩해 둔 기사 중에는 이런 슬픈 내용이 있다.

얼마 전 캔자스 시민들은 세상에서 가장 이상한 사형 집행을 지켜봐야 했다. 그것은 바로 아프리카사자인 짐바의 사형 집행이었다. 짐바는 겁은 많지만 다정다감한 남자의 집에서 성장했다. 그 집에서 사자는 애완 고양이와 다름없는 삶을 살았는데, 난로 앞에서 자고, 오직 익힌 고기만 먹었다. 하지만 다 자란 짐바는 결국 동물원으로 보내졌다. 덩치가 커지자 남자는 공포를 느껴 더 이상 함께 살 자신이 없어진 것이다.

동물원에 보내진 이 애완 사자는 한 달 동안 우리 귀퉁이에서 구슬피 울기만 했다. 다른 사자가 다가오면 무서워하며 도망치고 지나가는 관람객에게는 애정을 구걸했다.

그 사자는 사자 무리에 낄 수도 없었고, 자신이 원하는 인간과도

살 수 없었다. 사자와도 함께 지내지 못하고, 인간과 사는 것도 허용되지 않은 짐바. 충분히 예상됐던 '애완 사자'의 말로였다.

결국 짐바의 주인은 그의 사랑하는 사자에게 더 이상 적합한 장소는 없음을 알았다. 그래서 수백 명의 반대자들의 시위에도 불구하고 주인은 짐바를 안락사시키기로 결정했다.

짐바는 죽기 직전 자신의 주인과 행복한 한때를 보낸 후 조용히 가스실로 들어갔다. 그리고 잠이 들었다. 그는 세상에서 두려워하지 않았던 유일한 존재에 의해 살해된 것이다.

이처럼 모든 사자들이 히든밸리의 리틀타이크처럼 다른 동물들과 평화롭게 살 수 있는 것은 아니다. 대부분 동물원으로 돌아가 비참한 최후를 맞는다는 것을 기억하고 야생동물을 애완동물로 키우려는 우를 범하지 않기를 바란다.

단 한 번의
퍼레이드

공주님과 사자 호위병

이웃 마을에서는 매년 봄이면 수선화 축제가 열린다. 그중 아름답게 장식한 50여 대의 꽃수레가 시내를 행진하는 퍼레이드는 축제의 최고 볼거리로 우리 부부도 구경하러 가곤 했다. 그런데 축제를 앞둔 어느 날 국제적 사회봉사 단체인 라이온스클럽에서 리틀타이크가 자신들의 꽃수레에 동승해 줄 수 있는지 문의를 해왔다. 클럽 이름에 맞는 리틀타이크가 자신들의 꽃수레에 타 준다면 영광이라고 했다.

재미있는 제안이었지만 아내와 나는 한참을 고민했다. 군중이 모이는 축제이기 때문에 예기치 못한 사고가 생길지도 모르고 그랬다가 리틀타이크가 흥분하면 어떤 불상사가 생길지 모르기 때문이었다. 하지만 꼭 참여해 보고 싶은 퍼레이드였기에 고민 끝에 목장의 트럭을 사용한다는 전제로 새로운 도전을 해보기로 했다.

라이온스클럽 수레에 탑승한 진짜 사자

　날짜가 다가오자 트럭 치장은 착착 진행되었다. 트럭 외관은 수
천 송이의 수선화로 뒤덮였고 꼭대기에는 황금 여왕의 왕좌가 놓여
졌다. 이 자리에는 축제 여왕 역을 맡은 11살의 작은 소녀가 앉고, 그
옆에 리틀타이크가 앉도록 되어 있었다. 나는 혹시 모를 불상사에 대

비해 꽃 장식 아래에 공간을 만들어 퍼레이드 내내 그곳에 숨어서 상황을 살펴보기로 했다.

퍼레이드 시간은 총 6시간으로 마을을 3개나 관통해야 하는 꽤 강행군인 일정이었다. 나는 리틀타이크가 앉은 바로 아래 공간에 숨어 있었는데 머리 위로 가로세로 10센티미터의 작은 구멍을 내고서 리틀타이크를 살피기로 했다.

그런데 당일 퍼레이드를 시작하고 보니 그 구멍은 리틀타이크를 살필 수는 있으나 만일의 경우 몸무게 90킬로그램인 내가 드나들기에는 너무 작았다. 퍼레이드가 시작되어 트럭이 이미 움직이고 있었지만 나는 톱을 가져다 달라고 부탁해 내가 통과할 수 있을 정도로 구멍을 뚫기 시작했다. 눈썰미 좋은 사람이라면 그날 수레 위로 살짝살짝 모습을 드러내는 톱날을 봤을지도 모르겠다.

내가 있는 공간은 옆으로도 작은 구멍이 나 있어 밖을 내다볼 수 있었다. 나는 거리에 모인 사람들이 살아 있는 사자가 조그만 아이와 함께 있는 광경을 불안해하면서도 흥미롭게 쳐다보는 모습을 아주 가까이에서 보았다. 내게는 사람들의 표정이 더 재미있는 구경거리였다.

나는 혹시 리틀타이크가 많은 사람들의 환호에 놀라지 않을까 살펴보았다. 하지만 타고난 흥행몰이꾼인 리틀타이크에게 이번 퍼레이드는 전혀 새로운 경험이었다. 사람들이 보내는 환호를 타이크가 좋아하는 게 보였다. 타이크는 자신에게 보내지는 열렬한 반응과 휘파람, 박수갈채를 즐길 줄 아는 사자였다.

공기총을 맞은 긴박한 상황

퍼레이드가 길어지자 리틀타이크는 때때로 몸을 돌려 하품을 하곤 했다. 타이크가 점점 흥미를 잃고 피곤한 모습을 보이는데도 나는 별 주의를 기울이지 않았고, 그저 타이크가 자랑스럽기만 했다. 그게 실수였다. 첫 번째 마을에서 두 번째 마을로 이동할 때 타이크에게 물과 시원한 우유를 주기 위해 한동안 멈추기도 했지만 그때까지도 나는 타이크의 문제를 알아차리지 못하고 있었다.

리틀타이크가 심한 고통을 참고 있다는 것을 알아차린 건 마지막 행선지인 세 번째 마을, 그것도 퍼레이드가 거의 막바지에 이르러서였다. 갑자기 타이크가 고통스런 표정을 하며 자리를 박차고 일어나 내가 있는 곳으로 들어오려고 구멍에 머리를 처박았다. 다급해진 나는 몸을 반쯤 수레 위에 내놓고 간신히 타이크를 진정시켰고, 다행히 몇 분 후 시가행진은 끝이 났다.

나는 타이크가 엎드려 있는 단상 위로 쏜살같이 올라가 타이크를 다른 곳으로 옮겨 먹을 것을 주며 다독였다. 그러고는 수레 위로 올라가 타이크가 앉아 있던 자리를 둘러보았는데 그때 두 움큼이나 되는 마른 콩을 발견했다. 이게 원인이었구나. 어디선가 날아온 딱딱한 콩알을 맞고 괴로워했을 타이크의 모습이 떠올라 타이크에게 너무 미안했다.

"퍼레이드를 하고 있는데 어느 집 2층 창문에서 아이들 여러 명이 리틀타이크를 향해 장난감 공기총을 쏘는 걸 봤어요. 리틀타이크가 그 총알을 맞은 것 같아요."

퍼레이드에 함께 참가했던 아이들이 앞다퉈 이야기를 들려주었다. 나는 그 말을 듣는 순간 아찔했다. 장난감 공기총은 속도와 위력이 만만치 않아서 만약 총알을 맞은 타이크가 흥분해서 수레에서 뛰어 내렸다면 어찌되었을지 생각만 해도 끔찍했다. 달리는 차에서 뛰어 내렸을 테니 리틀타이크가 다리를 다쳤을 수도 있었겠지만 더 무서운 건 사람들의 공포였다. 타이크가 사람들을 덮칠 확률은 0퍼센트에 가깝지만 사람들은 그걸 모른다. 갑자기 거리에 뛰어내린 사자를 본 사람들이 공포에 휩싸여 누군가 리틀타이크에게 총이라도 쐈으면 어찌되었을 것인가? 나는 가슴을 쓸어내리며 무던히도 고통을 참아 준 리틀타이크를 오래오래 쓰다듬어 주었다.

리틀타이크는 그 해 축제에서 일등상을 받았고, 그뒤로도 퍼레이드에 참석해 달라는 요청을 많이 받았다. 하지만 우리는 정중히 거절했다. 리틀타이크의 목숨을 위험에 빠뜨릴 수 있는 일은 한 번으로 충분했다.

호텔 구경, 헬리콥터 탑승

퍼레이드에 참가한 이후 리틀타이크는 몇 가지 더 신나는 경험을 했다. 리틀타이크 덕분에 퍼레이드 사상 최초로 1등상을 받은 라이온스 클럽은 감사의 표시로 리틀타이크와 우리 부부를 최고급 호텔로 초대해 저녁을 대접했다. 덕분에 리틀타이크는 처음으로 복잡한 도심과 호

헬리콥터 조종사석에 앉은 첫 번째 사자 리틀타이크

텔을 당당하게 걸어 보게 되었다. 그날 우리는 퍼레이드에 참가해 준 대가로 두둑한 사례비를 받았는데 그 돈은 바로 장애어린이병원에 기부했다.

또 군부대 초청도 받았는데 그곳에서 예상치 못한 경험을 하기도 했다. 주최 측에서는 타이크에게 헬리콥터를 태워 주겠다고 제안했고 우리는 조금 걱정스러웠지만 타이크에게 다시는 못할 경험을 하게 해 주고 싶어서 조심해 달라는 말과 함께 제의를 받아들였다.

조종사는 보조 조종사석에 앉은 사자를 안전하게 태워야 한다는 책임감에다가 맹수에 대한 공포까지 더해져 다소 긴장한 듯 보였지만 프로펠러가 돌아가자 바로 본연의 임무로 돌아갔다. 리틀타이크도 별 두려움 없이 여유로워 보였다. 마침내 타다닥거리는 프로펠러 소리와 함께 기묘한 한 쌍의 조종사를 태운 헬리콥터가 하늘 높이 날아올랐다.

'리틀타이크, 하늘에서 보는 세상이 어때? 땅에서 볼 때와는 또 다르지?'

이렇게 타이크는 아찔한 첫경험의 기록을 하나 더 갖게 되었다.

첫눈

사자가 처음으로 눈을 본 날

열대지방에서 사는 사자가 미국 북부의 기후에 적응하는 건 쉬운 일이 아니다. 특히 쌓인 눈에 익숙하게 만드는 건 또 다른 모험이었다. 우리는 리틀타이크의 건강이 걱정되어서 어른 사자가 되기 전까지는 겨울에 한 번도 밖에 데리고 나가지 않았다. 초유는 물론이고 어미젖도 한 번 먹지 못했으니 면역력이 떨어지는 데다가 고기도 먹지 않았던 터라 감기라도 걸릴까 봐 전전긍긍했기 때문이다.

덕분에 리틀타이크는 태어난 지 몇 년이 지난 다음에야 첫눈을 경험할 수 있었다. 타이크에게 첫눈을 경험시키겠다고 작정한 그날, 우리 부부는 타이크가 정말 마지못해 따뜻한 방을 나오고 있음을 알고 속으로 웃음지었다. 마음 같아서는 따뜻한 방에 그냥 있고 싶지만 우리가 부를 때 따라나서지 않으면 혼자서 집을 봐야 하니 어쩔 수 없이 투덜투덜 나오는 게 다 보였기 때문이다.

리틀타이크가 억지로 우리 뒤를 따라나선 그날, 세상은 하얀 모포로 뒤덮여 반짝거리고 있었다. 현관문을 나선 타이크는 일단 커다란 앞발로 문 앞에 수북이 쌓인 흰 눈을 툭툭 치더니 일순 멈칫했다. 축축하고 찬 무엇이 영 내키지 않았을 것이다. 그러더니 발에 묻은 눈 조각들을 털어낸 후 몸을 돌렸다. 집 안으로 돌아가려는 것이었다.

하지만 우리 부부를 따라가고 싶은 마음에 우물쭈물하던 타이크는 순간적으로 뒤로 휙 돌더니 훌쩍 점프를 하는 게 아닌가. 눈앞에 쌓인 눈만 뛰어넘으면 땅이 나오려니 생각했던 모양이다. 하지만 예상과 달리 하얗고 부드러운 눈밭에 풀썩 내려서게 되자 황당한 표정을 짓는 리틀타이크. 잠시 주저하는 듯하더니 언제 그랬냐 싶게 천연덕스럽게 눈 위를 뛰고 굴렀다. 마치 수년간 눈 속에서 생활한 것처럼 말이다.

그런 타이크를 보고 안심하며 우리는 쌓인 눈 사이에 길을 낸 후 여느 때와 마찬가지로 목장 일을 시작했다. 소와 말들은 우리를 반기며 한 줄로 길게 졸졸 따라와 먹이 창고 앞에 대기했다. 질투가 심한 당나귀 보니는 뒷다리를 하늘로 쭉쭉 내뻗는 행동으로 우리의 관심을 끌려고 애쓰더니 이내 떨어지는 눈 속으로 달려가 시끄럽게 울며 부산을 떨었다.

타이크가 오솔길 옆에 수북이 쌓인 눈 속에서 뒹굴며 장난을 치는 동안 보니는 밥 먹을 생각도 않고 우리를 졸졸 따라다녔다. 보니는 항상 우리를 따라다니며 여물을 만족스럽게 먹고 있는 동료들을 흐

뭇하게 바라보는 참으로 특이한 녀석이다. 그러다가 거대한 건초 더미 위의 가장 좋은 식사 자리를 찾으면 그제서야 자리를 삽았다.

그날도 목장의 동물들에게 먹이를 다 주고 나서 우리는 언제나처럼 타이크에게 상쾌한 아침 산책을 제안했다. '산책'이라는 단어는 건초 더미 위에서 쉬고 있는 타이크, 정신 없이 눈을 쫓으며 놀고 있는 타이크를 우리와 함께 걷게 하는 유일한 단어였다.

우리는 산책이라는 단어가 얼마나 강한 효력을 발휘하는지 충분히 알고 있는 만큼, 그만큼의 책임감도 알고 있었다. 매일 하던 산책을 하지 않거나 산책을 하자고 해놓고 다른 일을 시키는 건 타이크에게 엄청난 배신감을 의미했다. 그래서 그날도 우리는 어김없이 강을 따라 눈 쌓인 나무 사이를 걸었다.

추운 겨울이면 강에서는 쩡쩡 얼음 깨지는 소리가 들린다. 우리는 숲에 메아리 치는 이 소리를 들으며 산책을 하는데 타이크는 이 소리를 들으면 깜짝 놀라 얼음 조각이 떠 있는 강가를 한 번 힐끗 쳐다보고선 온몸을 부르르 떨고는 해서 우리를 웃게 만들었다.

첫눈 오는 날 리틀타이크의 산책은 일찌감치 끝이 났다. 타이크가 감기라도 걸리면 안 되었기 때문이다. 다른 날보다 이르게 따뜻한 집 쪽으로 방향을 틀자 타이크는 눈이 소복이 쌓인 길 위를 시원스레 달리기 시작했다.

맹수보다 잔인한 것은
인간이다

지진과 공포 그리고 살육

동백꽃을 심느라 목장 마당에서 바쁘게 일하고 있던 어느 날, 갑자기 공작새가 비명을 지르며 푸드덕푸드덕 난리를 치기 시작했다. 일하던 것을 멈추고 허리를 펴 하늘을 보니 공작은 공중에서 미친 듯 날아다니고 있었고, 뒤이어 꿩과 닭들도 아무 이유 없이 우왕좌왕 울타리를 향해 돌진하고 있었다. 대체 갑자기 무슨 일이 일어난 거지?

어리둥절해하고 있는데 마구간에서 경주용 종마인 애리조나키드의 우는 소리가 들리기 시작했다. 달려가 보니 말이 코에서 콧김을 훅훅 뿜어내고 있었다. 연방 히잉히잉 울며 다리를 높이 차올리더니 갑자기 극도의 고통을 느낀 듯 땅바닥에 누워 난폭하게 뒹굴기 시작했다.

나는 이 상황을 도무지 이해할 수 없었다. 갑자기 벌어진 일이었다. 도대체 평화롭던 목장의 동물들이 갑자기 왜 이러는 걸까? 그때 리틀타이크가 내게 달려오는 게 보였다. 타이크는 축사 주변에서 놀고 있었는데 갑자기 심하게 놀란 얼굴로 달려오더니 껑충 뛰어올라 내게 죽어라 매달렸다. 160킬로그램의 무게에서 느껴지는 공포가 내게도 고스란히 전해졌다.

뒤이어 아내 마거릿의 비명 소리가 들렸다. 마거릿은 현관에 서서 마치 발이 얼어붙은 사람처럼 꼼짝도 못하고 비명을 지르고 있었다. 그제서야 나는 지진이라는 걸 깨달았다. 마거릿이 서 있는 집의 건물과 굴뚝이 흔들거리다 못해 격렬하게 휘청거리는 게 보였다. 강 건너 마을을 돌아보니 심하게 흔들리던 집이 무너져 내리는 것도 또렷이 보였다. 이게 말로만 듣던 지진이구나!

나는 급한 마음에 마거릿에게 건물에서 멀찍이 떨어지라고 마구 소리쳤다. 그렇게 숨죽인 채 마치 수십 년 같은 시간이 지나고 떨림이 멈췄다. 다행히 우리 목장은 크게 파손되거나 동물들이 다치지는 않아 우리 부부는 가슴을 쓸어내렸다.

공작이 가장 먼저 직감적으로 지진을 느꼈고, 뒤이어 다른 모든 동물이 알고 사람인 나와 마거릿이 가장 늦게 지진을 감지했다. 놀란 동물들을 차례차례 진정시키는 데도 꽤 오랜 시간이 걸렸다. 단지 몇 십 초의 지진이었는데도 후유증은 꽤 컸다.

그중에서도 리틀타이크를 진정시키는 게 가장 어려울 거란 우리의 예상은 그대로 들어맞았다. 난생 처음 지진을 겪은 타이크는 울부짖

으며 내게 매달린 후 떨어질 줄 몰랐고 그런 타이크를 진정시키는 데
는 30분 이상이 걸렸다.

지진이 지나간 후 주위의 몇몇 사람들은 우리에게 경고했다. 아마
이번과 같은 지진이 몇 번 더 반복된다면 리틀타이크는 미친 듯 날
뛰다가 야성을 되찾을 거라고. 그랬다가는 큰 살육이 일어날지도 모
른다고.

하지만 우리 생각은 달랐다. 그들의 경고와 달리 우리는 이번 지진
을 통해 우리 부부와 리틀타이크의 신뢰와 유대가 얼마나 강한지를
다시금 깨달았다. 난생 처음 겪은 지진으로 공포에 사로잡혔던 리틀
타이크는 난폭해지는 게 아니라 오히려 우리에게 매달렸던 것이다.

사실 리틀타이크는 난폭해지려면 꼭 지진이 아니더라도 얼마든
지 그럴 수 있는 시기가 있었다. 성숙하게 자란 암사자는 짝짓기 계
절이 오면 짝을 찾기 위해 방해되는 모든 걸 물어 죽일 수 있을 만큼
난폭해진다. 하지만 그때도 리틀타이크는 아무 문제 없이 우리와 생
활했다.

우리는 리틀타이크와 함께 살며 살육 없는 곳에 공포도 존재하지
않는다는 것을 통감하게 되었다.

어렸을 적의 일이 떠오른 것도 그때였다. 어린 시절 나는 어머니의
무릎에 앉아 어머니가 읽어 주는 성경 구절을 듣고 있었다.

"……내가 바다에 사는 물고기와 하늘에 날아다니는 새와 땅 위에

히든밸리 목장의 동물들은 리틀타이크에 대한 신뢰가 대단했다.

기어 다니는 온갖 짐승들을 다스릴 권한을 너희에게 주마……"

나는 커가면서 이 구절에 대해 내내 고민했다. 신이 우리에게 주신 권한을 어떻게 해석해야 할까? 이 구절은 내 평생의 과제와도 같았다.

하지만 동물들과 살아가면서 나는 알았다. 이 권한이 인간이 동물들을 지배하고 통제하는 권한이 아님을. 이 권한은 약하고 두려움에 떠는 동물들을 안심시키고 힘내게 하라는 권한인 것이다. 물론 이 구절을 동물들의 생명은 물론 모든 것을 인간이 좌지우지해도 되는 권한을 받은 것이라고 해석하는 어리석은 사람들도 많지만.

　그런 의미에서 나는 지진으로 인해 우리 목장의 동물들에게 빚을 졌다고 생각한다. 그들을 공포와 두려움으로부터 구해 주지 못하고 함께 두려움에 떨었으니까. 나는 자연의 큰 힘 앞에 무력한 인간일 뿐이었고 동물들은 항상 그것을 내게 일깨워 주는 스승이었다.

맹수보다 인간이 더 잔인하다

　리틀타이크와 함께 사는 우리를 미친 사람 취급하는 사람도 많았지만 우리는 줄곧 그런 화제를 웃으면서 피해 왔다. 그런데 지진으로 인해 그런 사람들의 목소리는 더욱 커졌다. 그들은 결국 우리 부부가 함께 사는 사자에 의해 죽임을 당할 거라고 큰 소리로 경고했다. 또한 이런 무서운 살육의 미래를 그냥 두고 볼 수 없다고 목청을 높였다.

　하지만 우리는 그냥 한 귀로 듣고 한 귀로 흘려 보냈다. 믿음과 사랑으로 맺어진 우리를 살육이라는 말로 매도하다니 대꾸할 가치도 없었다. 사람들은 왜 동물들에 대해 이런 공포를 갖게 되었을까? 동물들은 인간이 해치려 들지 않는 한 인간에게 해를 끼치지 않는데도 말이다.

　진정한 살육은 인간에 의해 자행되고 있다. 인간은 도망치는 사자 무리를 뒤쫓아 가 그들을 죽이는 사냥을 하면서 그걸 스포츠라는 이름으로 포장한다. 내가 보기에는 그게 살육이다.

　피를 흘리며 죽어 가는 사슴의 애절한 눈을 들여다본 사냥꾼이 얼마나 될까? 죽어 가는 사슴 옆에 서서 단 한 번이라도 마지막 순간을 되돌리고 싶다고 후회의 기도를 해 본 사냥꾼은 또 얼마나 될까? 절대 없을 것이다. 아마도 죽어 가는 사슴 옆에서 승리의 웃음을 지었을 것이다. 자신을 보호할 방법이라고는 빠른 다리밖에 없는 동물을 죽여 놓고 죄책감이라고는 전혀 없는 인간들의 행동이 덫에 포획된 후 살아남기 위해 몸부림치는 맹수의 울부짖음보다 훨씬 더 무서운 것이다.

맹수의 몸부림은 생존하기 위한 자연스러운 행동일 뿐이다. 하지만 인간은 취미와 순간의 재미를 위해 생명을 죽이고 있으니, 인간이 가장 잔인하고 가장 공포스런 존재이다. 인간은 편견을 버리고 진정한 살육과 공포가 무엇인지 알아야 한다.

물론 동물과 인간은 근본적으로 다르다고 말하는 사람도 있다. 동물은 고통도 느끼지 못하는 하등동물이라고 말이다. 동물이 우리와 다르다고 생각한다면 핀으로 자신과 동물을 둘 다 찔러 보라. 당연히 동물도 고통을 느끼고 아파한다. 그들도 우리와 같은 생명이니까.

가장 잔인한 동물은 인간인가?

그동안 인간은 전쟁터에서 같은 인간을 죽이고 상처 입히는 데 너무나 많은 시간과 노력을 들였다. 인류의 역사가 시작된 이래 평화로웠던 시기는 225년도 채 되지 않는다. 나머지는 모두 인간의 광기에 의해 무차별 학살이 자행되었다. 사실 인간이야말로 지상에서 가장

잔인한 생명체건만 우리는 이런 진실을 모른 척 외면하고 동물만 탓하고 있다.

내 스크랩북에는 인간이 얼마나 잔인한지를 알려 주는 기사가 보관되어 있다.

몇 년 전, 미국 수렵국에서는 흑곰 새끼 두 마리를 소유하고 있었다. 수렵국은 새끼 흑곰들을 세계 각지에서 열리는 각종 박람회에 데리고 다니며 소개했고, 사람들은 새끼 흑곰을 구경하기 위해 박람회장을 더 많이 찾았다. 수렵국은 새끼 흑곰의 덕을 톡톡히 보았고, 새끼 곰들은 수렵국의 마스코트가 되었다.

하지만 세월이 지나 새끼 곰이 자라 어른 곰이 되자 그들의 처리가 문제가 되었다. 다 큰 곰은 더 이상 귀엽지도 않았고, 사람들의 이목을 끌지 못하니 박람회에 데리고 다닐 필요도 없었다. 곰들의 처리 방안이 골칫거리가 되었고, 몇 군데 동물원에 의뢰했지만 모두 거부당했다. 이미 자기들이 가진 곰만으로도 충분했던 것이다.

그러던 중 곰을 그냥 야생에 풀어 주자는 의견이 나왔고, 마땅한 처리 방안이 없었던 수렵국은 그 의견에 따라 곰 두 마리를 무책임하게 야생에 풀어 주었다. 그런데 문제는 그다음에 발생했다. 곰을 풀어 주자마자 사람들은 '곰 사냥을 허용하라.'라고 아우성을 쳤다. 사람들은 잔인했다. 그때는 마침 사냥 시즌 바로 전이었고, 결국 사냥 시즌이 시작되기 이틀 전에 곰을 풀어 준 꼴이 된 것이었다.

곰은 쉽게 찾아졌다. 당연한 것 아닌가. 먹이를 주던 인간들 틈에서 자란 곰이니 반응은 뻔했다. 이틀도 되지 않아 한 마리가 사냥꾼에게 발견되었고, 곰은 인간을 보자 황급히 언덕에서 뛰어내려왔다. 곰이 말을 할 수 있었다면 분명 이렇게 울부짖었을 것이다.

"그동안 어디 갔었어요? 그동안 배가 고팠다고요."

하지만 제대로 된 사냥감에 흥분한 인간들은 곰을 향해 총을 발사했고, 곰은 인간을 눈앞에 두고 죽어 갔다. 포획물을 끌고 마을에 도착한 사냥꾼은 아마도 곰이 자신을 공격하려 했다고 말했을 것이다. 이 사실은 지금까지 공식적으로 숨겨져 왔다.

이 이야기는 어떤 맹수의 이야기보다 잔인하고 무섭다. 이 이야기의 어느 곳에서 인간의 '정의, 스포츠정신'을 찾을 수 있단 말인가. 내 눈에는 그저 살육만 넘쳐날 뿐이다. 그러니 리틀타이크의 잔인함을 지적하는 사람들은 먼저 자신들을 돌아봐야 한다.

썰매 끄는
사자

왕따 아이

밤새 내린 눈이 계곡을 하얗게 뒤덮은 상쾌한 겨울 아침이었다. 온통 반짝거리는 설원을 경이롭게 둘러보던 우리 눈에 이웃집 아이가 어깨에 썰매를 메고 오솔길을 내려오는 모습이 보였다. 아이는 우리와 눈이 마주치자 실망 가득한 얼굴로 더듬더듬 말하기 시작했다.

"우리 집 개 페퍼가 썰매를 끌어 줄 수 있는지 보려고 했거든요. 근데 페퍼는 으르렁대기만 해요. 페퍼가 무서워요. 썰매는 끌어 주지도 않고……."

그러더니 들릴락말락 한 소리로 말을 이었다.

"혹시 타이크는 썰매를 끌어 줄까요?"

소년의 제안은 우리의 호기심을 자극했다. 리틀타이크가 썰매를 끌 수 있을까? 당장 함께 해보자고 하고 싶었지만 대답을 잠시 미뤘다. 곰곰이 생각하는 척하며 시간을 끌었다. 어렵게 대답을 들어야 더 기쁠 거라고 생각했기 때문이다.

우리는 이 아이가 매사에 자신감이 없다는 걸 알고 있었다. 학교에서도 친구들한테 따돌림을 당해 다른 학교로 전학을 갈 정도였다. 왕따인데다가 열등감에 시달리는 아이를 위해 무엇인가를 해 줄 수 있는 좋은 기회였다.

"우리 한 번 해볼까?"

우리의 대답에 아이의 얼굴이 금세 환해졌다.

"좋아하기는 아직 일러. 저 게으른 리틀타이크를 따뜻한 난로와 텔레비전에서 떼놓을 방법을 찾는 게 더 급선무야."

우리는 이것이 아이가 지닌 패배감을 극복할 수 있는 첫걸음이 될 수 있으리라 생각했다. 아이의 손을 잡고 집으로 들어와 타이크를 일으켜 세우고 썰매 안장을 씌웠다. 새로운 모험이 시작된 것이다.

성공의 관건은 리틀타이크가 얼마나 얌전하게 굴 것인가 하는 것이었다. 한 번 흥분하면 체중이 90킬로그램인 나도 이리저리 정신없이 끌려다닐 정도인데 리틀타이크가 과연 얌전한 노새처럼 아이가 탄 썰매를 끌 수 있을까? 우리는 리틀타이크가 너무 좋아서 흥분하지 않기만 바랄 뿐이었다.

우리는 카메라를 들쳐 메고 타이크, 아이와 함께 집을 나와 눈밭으로 갔다. 그곳에서 우리는 타이크에게 잠시 서 있으라고 지시한 뒤 썰매를 매달고 끈을 아이에게 넘겼다.

"놓치지 않게 꽉 잡아."

나는 이 특이한 광경을 찍기 위해 카메라를 들이댔다. 일단 썰매끌기를 시작하기 전 모습을 카메라에 남기고 싶었다. 성공할지 실패할지 모르니까 기념으로 한 장 남기려는 것이었다.

그리고 다음 사진을 찍기 위해 잠시 카메라를 만지다가 고개를 든 순간 깜짝 놀라고 말았다. 리틀타이크와 아이가 사라져 버린 것이다. 이리저리 고개를 돌리며 찾자 놀랍게도 타이크가 아이가 탄 썰매를 멋지게 끌고 있는 게 아닌가! 타이크는 새로운 놀잇거리를 발견한 듯 즐거워 보였다. 더불어 아이의 큰 웃음소리가 주위에 울려 퍼졌다. 나는 재빨리 카메라에 이 믿기 어려운 '첫 순간'을 담았다.

또래 아이들의 영웅이 되다

그날 오후 내내 암실에서 작업을 한 나는 크게 인화한 몇 장의 사진을 신문사에서 일하는 친구에게 보냈다. 사진 속에서는 리틀타이크도 아이도 환하게 웃고 있었다. 다음 날, 우리 주에서 가장 큰 신문사의 신문 1면은 사자와 아이가 즐겁게 썰매를 타고 있는 사진이 차지했다. 우리 집에도 이웃 집 아이에게도 최고의 선물이었다.

그런데 그게 끝이 아니었다. 이튿날에는 연합뉴스를 타고 타이크의 썰매 이야기가 전 세계 구석구석으로 퍼졌다. 사자와 아이가 등장한 한 장의 사진이 세계인의 마음을 움직였고, 곧이어 편지가 쏟아지기 시작했다. 사람들은 어떻게 사자가 썰매를 끌 수 있는지, 그 아이가 누구인지 너무나 궁금해했다. 대부분은 아이 또래의 소년들이 보낸 편지였고, 아이는 또래 아이들의 부러움을 잔뜩 사게 되었다.

결국 공중파 방송국에서 연락이 왔다. 사진과 같은 모습을 촬영할 수 있느냐는 것이었다. 불가능할 이유는 없었다. 단지 방송국 직원들이 도착했을 때는 내린 눈이 이미 다 녹아 버렸기 때문에 아직 눈이 녹지 않은 근처 산으로 가서 촬영을 했다.

그때 아이의 눈빛을 지금도 잊을 수 없다. 자신의 모습이 전국에 방송된다는 사실에 아이는 몹시 흥분해 있었다. 기쁨에 들뜬 아이의 모습에서 그 전에 보였던 열등감도, 자신 없는 모습도 전혀 찾아볼 수 없었다. 아이는 스스로 너무나 자랑스러운 표정이었다. 또래 소년들이 부러워하는 모습을 스스로 연출하고 있으니 더 이상 무슨 말이 필요하랴.

그날 뉴스 앵커인 더글러스 에드워드는 이렇게 방송을 시작했다.

"사자가 소년을 태운 썰매를 끌고 있습니다. 여러분 믿지 못하시겠죠? 저도 제 눈으로 직접 보기 전까지는 여러분과 똑같았습니다. 하지만 이제는 믿지 않을 수 없군요."

세계 각국에서 감동의 편지가 끊임없이 배달되었고, 아이는 자신과 리틀타이크의 모습이 실린 모든 기사와 팬들로부터 온 편지를 두꺼운 스크랩북 가득히 모아두었다. 그 스크랩북은 아이에게 최고의 자랑거리였다. 이제 아이는 더 이상 왕따가 아니었다. 마을의 유명인사이자 영웅이었다. 우리도 리틀타이크도 아이에게 이런 선물을 줄

수 있어서 너무 기뻤다. 기적은 한 번 일어나면 끊이지 않고 계속 일어나는 법인가 보다.

사자
교육

체벌은 없다, 오로지 대화로 해결한다

리틀타이크와 살기 시작하면서 우리는 교육의 필요성을 느꼈다. 아무래도 덩치 큰 녀석과 집 안에서 함께 살려면 서로 지켜야 할 규칙들이 많을 것이기 때문이다. 그런데 과연 사자를 개나 고양이처럼 교육시킬 수 있을지 의문이었다. 과연 가능할까?

하지만 리틀타이크는 우려와 달리 우리와의 의사소통을 쉽게 해나가기 시작했다. 먼저 다른 톤의 목소리가 무엇을 의미하는지 배워 나갔다. 부드러운 목소리는 칭찬이라는 것, 단호한 목소리는 명령이라는 것을 알아냈다. 우리 집 아이들이나 강아지, 고양이를 키울 때와 마찬가지였다. "안 돼!"라는 단호한 목소리를 들으면 다음부터는 그행동을 하지 않았다. 해도 되는 행동과 해서는 안 되는 행동을 하나씩 배워 나가는 리틀타이크는 제법 똑똑한 학생이었다.

체벌은 절대 하지 않았다. 우리는 우리 자식이나 개, 고양이를 키우다가 따끔하게 혼낼 때에는 가끔 신문지를 둘둘 말아 때리기도 했다. 하지만 리틀타이크에게는 그러지 않았다. 160킬로그램이 넘는 사자를 사람이 때린다고 끄떡이나 하겠는가. 그저 마음이 전해지기를 바라며 가르칠 수밖에. 결국 리틀타이크는 우리 부부에게 맞은 적이 단 한 번도 없었다.

아이를 키울 때에도 마찬가지지만 착한 리틀타이크도 가끔 고집을 부릴 때가 있었다. 분명히 알아들은 것 같은데도 모른 척 미운 짓을 하거나 성질을 부렸다. 그럴 때마다 체벌이 좋은 방법인 줄 알지만 우리 부부는 꾹 참았다. 그리고 체벌에 버금가는 최고의 방법을 찾아 냈다.

물, 솔, 풀을 무서워하는 사자

리틀타이크는 물이 몸에 닿는 걸 아주 싫어했다. 수도꼭지, 물 양동이, 물컵은 물론이고 심지어는 빈 물컵도 멀리했다. 산책하다 진흙 웅덩이가 나오면 아무리 멀어도 멀리 돌아가는 타이크였다. 때문에 말을 듣지 않으면 물을 갖고 오겠다고 말하는 것만으로도 효과가 있었다.

"타이크 너 자꾸 그러면 물컵 갖고 온다."

이 말 한 마디면 리틀타이크는 하던 일을 뚝 그쳤다.

물과 함께 빗자루도 기피 대상이었다. 마당 빗자루에서부터 짧은

양복 솔에 이르기까지 타이크는 솔이 달린 것이라면 뭐든지 싫어했다. 때문에 산책을 나갔다가도 리틀타이크가 말을 듣지 않으면 기다란 풀 하나만 보여 주면 바로 항복이었다. 왜 그런지 이유는 알 수 없었지만 어쨌든 거대한 사자 겁주기가 이리 쉽다는 걸 사람들이 믿을지 모르겠다.

그래서 우리는 친구들이 방문하기로 한 시간이면 양복 솔을 리틀타이크 몰래 숨겨 놓는다. 타이크가 손님들에게 어떤 장난을 칠지 모르기 때문이다. 리틀타이크는 장난꾸러기라 사람들 놀리는 걸 아주 좋아하는데, 그러다가 예상치 못한 사고가 발생할 수도 있었기 때문이다. 타이크는 자신을 무서워하는 사람을 귀신처럼 알아내 일부러 졸졸 따라다니며 괴롭히는 장난꾸러기였다.

괜히 커다란 발로 상대의 발을 꾹 누르거나 슬쩍 감싸는가 하면 상대방 다리를 입에 물고 질근질근 씹는 척 하기도 했다. 때로는 발로 상대방을 툭 치거나 자신의 앞다리를 상대 어깨에 턱하고 올리는 심한 장난도 서슴지 않았다. 그러니 사자를 무서워하는 사람들은 거의 기겁할 일이었다. 이럴 때 양복 솔이 요긴했다.

반면 친근하게 쓰다듬고 말을 거는 사람이 집에 놀러 오면 리틀타이크는 금세 자리를 떠 버리는 심술꾸러기였다. 너무 쉽게 친해지니 '재미없네'라는 듯 자기 자리로 가 낮잠을 자거나 손님이 오기 전에 하던 일을 계속하면서 아는 척도 하지 않았다. 한 마디로 쉬운 사람은 싫다는 것!

하루는 집에 놀러 온 친구와 함께 산책을 나갔다. 그런데 그날따라 리틀타이크는 어지간히 장난이 치고 싶었던 모양이다. 골려 주기로 작정한 듯 타이크는 자신의 발로 걷고 있는 친구의 발을 자꾸만 감았다. 친구는 중심을 잃고 넘어질 지경이었다.

"타이크, 그러면 안 돼. 위험하잖아."

하지만 이미 신이 난 리틀타이크에게 말로 하는 경고는 아무 소용 없었다. 리틀타이크는 신이 나 벌떡 서서 친구 어깨에 자신의 양발을 척 걸치기까지 했다. 장난을 멈추게 할 방법이 필요했다. 나는 긴 풀 하나를 집어들고는 그 풀로 타이크의 코를 밀치면서 단호하게 말했다.

"리틀타이크, 안 돼! 더 이상은 안 돼."

효과는 바로 나타났다. 산책이 끝날 때까지 타이크는 얌전히 우리 옆을 따라왔다. 커다란 사자가 풀 하나에 제압당하는 모습에 친구는 입을 다물 줄 몰랐다. 하지만 누구에게나 천적은 있게 마련이고 타이크에게는 물, 솔, 풀이 바로 그것이었다.

사자를 골탕 먹이는 마거릿

아내 마거릿은 사람에게든 동물에게든 명령, 강압 같은 부정적인 말을 해 본 적이 없다. 즐겁게 사는 게 삶의 목표인 양 살았다. 그래서 아들은 조금 크자 자기 엄마에게 이런 말을 하곤 했다.

"엄마, 엄마는 뭐가 그렇게 좋아요? 나는 엄마가 화내는 걸 본 적

이 없는 것 같아. 무슨 일이든 심각한 걸 본 적도 없어. 꼭 세상 걱정 없는 애처럼……."

아들한테까지 이런 말을 듣는 마거릿의 품성은 리틀타이크와 살면서도 고스란히 이어져 리틀타이크의 장난도 언제나 큰 소리 한 번 없이 해결했다.

한번은 우리가 좀 비싼 침대보를 샀고, 그 침대보는 리틀타이크의 출입이 금지된 침실 침대에 사용했으므로 우린 별 걱정을 하지 않았다. 그런데 어느 날 외출했다 들어와 보니 타이크가 우리 침대에 떡하니 누워 기분 좋게 잠들어 있었다. 어찌나 행복한 얼굴로 잠들어 있는지 그 천국에서 빠져나오라고 깨우기가 미안할 정도였다. 하지만 그곳은 출입하지 않기로 약속한 공간이었다.

"전 때리지 않고 가르쳐도 다 알아듣는다고요."

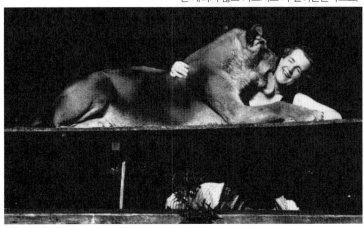

과연 리틀타이크가 저 천국에서 순순히 내려올까? 아마 우리가 힘으로 밀쳐 내려고 하면 분명히 발톱으로 침대를 꽉 쥐고서 새로 산 침대보를 망칠 게 뻔했다. 그때 무슨 일이든 즐거운 상황으로 만들어 버리는 마거릿의 긍정성이 빛을 발했다.

"좋아, 타이크. 내가 오늘 네 버릇을 고쳐 주겠어. 기대하라고!"

마거릿은 타이크가 주위에서 벌어지는 일이라면 뭐든 다 참견해야 하는 호기심덩어리인 것을 정확하게 알고 그걸 이용했다. 마치 손님이 오기라도 한 것처럼 성큼성큼 현관으로 걸어간 마거릿은 문을 열더니 큰 소리로 "잘 지냈어? 와 줘서 너무 기쁘다. 어서 들어와." 하고 말하는 것이 아닌가.

두말할 것 없이 궁금증을 못 이기고 실눈을 뜬 리틀타이크는 결국 천국을 박차고 내려와 쏜살같이 현관으로 달려갔다. 마거릿의 연기가 꽤 좋았던 모양이다. 손님이 왔구나 하고 신나게 달려 나간 리틀타이크는 아무리 주위를 둘러봐도 친구가 보이지 않자 실망한 기색이 역력했다. 그러더니 결국 자기 자리로 가서 남은 잠에 빠져 들었다.

당연히 새로 산 침대보는 무사했다. 이렇듯 마거릿은 언제나 큰 소리 한 번 없이 리틀타이크와의 문제를 해결했다. 아들의 말대로 마거릿에게 세상 모든 일은 그저 아이들의 즐거운 놀이 같은 것인가 보다.

대화로 하는 사자의 예절 교육?

리틀타이크를 기르는 동안 수도 없이 받은 질문 중에 가장 많은 질

문은 타이크를 어떻게 길들였냐는 것이었다. 과연 사람이 사자를 길들일 수 있는지 사람들은 그게 가장 궁금한지 묻고 또 물었다. 우리의 대답은 '가능하다'였다.

물론 처음에는 약간의 어려움이 있었지만 개나 고양이를 길들일 때보다 특별히 더 어렵지는 않았다. 우리는 고양이를 길들일 때의 경험을 살려 신문지를 사용했는데, 고양이 때보다 조금 더 주의를 기울이면 되었다.

그렇다고 신문지를 말아 때렸다고 생각하면 오산이다. 우리는 어떤 동물도 때리면서 길들여 본 적이 없다. 그저 리틀타이크가 말썽을 피울 때마다 신문지 위에 앉혀 놓고 차근차근 이야기를 해 이해를 시켰다. 그러기를 수십 차례, 마침내 타이크는 우리의 예절 교육을 받아들였고 착한 녀석으로 자랐다.

가끔은 통제가 안 될 때도……

우리 부부와 리틀타이크는 서로를 충분히 길들였다고 생각하고 살았지만 여행은 다르다. 여행 중에는 언제나 예상치 못한 일이 발생하고 그럴 때면 리틀타이크도 충동적인 행동을 할 수 있기 때문에 언제나 긴장해야 했다.

리틀타이크는 차를 타고 가다가 피곤하거나 익숙지 않은 불쾌한 냄새가 차 안으로 들어오면 차에 있지 않으려고 했다. 그때는 무조건 차를 세우고 밖으로 데리고 나가야 한다. 그래서 장거리 여행을 할

말 잘 듣는 착한 리틀타이크도 여행 중에는 때때로 악동이 된다.

때면 우리는 되도록 휴게소마다 들러 리틀타이크의 기분을 최대한 좋게 유지해 주려고 애썼다.

게다가 여행 중에 만나는 사람들은 의외로 리틀타이크를 보면 겁 없이 다가왔다. 우리 부부는 리틀타이크가 어떤 사자라는 것을 모르는 상황에서도 별로 겁내지 않는 사람들이 이상했다. 리틀타이크 얼굴에 '나는 착한 사자'라고 써 붙이고 다니는 것도 아닌데 말이다.

우리 부부는 내심 사람들이 타이크를 무서워하며 피하기를 바라지만 사람들은 "와. 진짜 사자네요!", "굉장히 예뻐요. 한 번 만져 봐도 될까요?", "함께 어디로 가시는 거예요?" 등의 질문을 끝없이 퍼부으

며 손을 뻗었다.

물론 사람들에게는 사자를 만나고 만지는 일이 지루한 일상 중에 일어나는 하나의 신나는 사건일 수도 있다. 하지만 남의 이목 끌기를 좋아하고 칭찬 듣는 걸 기뻐하는 명랑한 사자를 데리고 다니는 우리로서는 이런 일이 여간 성가신 게 아니다. 리틀타이크는 사람들에게 둘러싸이면 우리의 지시를 완전히 무시해 버리고 그 상황을 실컷 즐긴다. 그럴 때면 그때까지 우리가 시켰던 교육은 아무 의미가 없어진다.

"차에 타자, 리틀타이크. 너 알아듣는 거 다 알아, 어서 타라고. 바보야, 시내에서 이렇게 마구 걸어 다니다가 경찰한테 걸리면 큰일난다고."

다 자란 사자가 아무 안전 장치 없이 시내 중심가를 활보하는 게 허용되는 도시는 어디에도 없다. 그래서 다급해진 마음에 리틀타이크를 차에 떠밀어 집어넣으면서 말을 건네도 완전히 마이동풍이다. 이럴 때는 그때까지 한 교육도 아무 소용이 없다. 알아듣지만 듣지 않는 거다!

사자를
밟고 차는 사람들

사자에게 시비 거는 사람들

그날 1.3킬로그램의 조막만 한 새끼 사자가 동물원에서 내 손에 건네졌을 때 나는 앞으로 우리 부부가 어떤 일을 겪게 될지 상상조차 할 수 없었다. 그도 그럴 것이 사자와 살아 본 사람 이야기를 들은 적도, 읽은 적도 없기 때문이다. 물론 덕분에 생각지도 못했던 리틀타이크와 보내는 아름다운 순간을 선물로 받았지만, 순간순간 가슴 졸였던 적도 한두 번이 아니었다.

물론 지금은 누가 백만 달러를 준대도 리틀타이크와 함께 살았던 소중한 추억과 바꿀 생각이 없다. 하지만 누가 백만 달러를 줄 테니 다시 한 번 새끼 사자와 살 의사가 있느냐고 묻는다면 나는 거절하겠다. 그만큼 사자와 사는 일은 긴장의 끈을 절대 늦춰선 안 되는 조금 남다른 일이다.

다른 반려동물과 살 때도 살다 보면 예상치 못한 별별 일이 다 생긴다. 하지만 그게 사자라면 큰 사고가 될 수 있기 때문에 긴장을 늦춰서는 안 된다. 사자와 살다가 발생한 사고에 대해 보상을 해 주는 보험회사는 당연히 세상 어디에도 없다. 사자는 야생동물이다. 야생동물과 함께 사는 사람에게 보험을 들어주는 멍청한 보험회사는 없는 게 당연하다.

이렇게 말하면 사람들은 마치 우리가 리틀타이크가 사고를 칠지 몰라 전전긍긍하며 함께 살았다고 생각할지도 모르겠다. 하지만 현실은 정반대였다. 우리의 고민은 리틀타이크가 사람들을 해코지할지 모른다는 불안감이 아니라 사람들이 리틀타이크에게 어떤 짓을 저지를지 모른다는 데 있었다.

주말이면 히든밸리 목장은 사자를 보러 온 사람들로 북적거려 마치 놀이공원 같았다. 그런데 이렇게 사람들이 많이 모여 있을 때면 항상 주위를 기울여야 했다. 세상에는 이해할 수 없는 별별 사람들이 너무 많기 때문이다. 하루는 한 남자가 풀밭에 누워 있는 리틀타이크의 꼬리를 꾹 밟는 것이 아닌가. 마침 그 모습을 목격한 내가 당장 그만두라고 주의를 주자 남자는 태연히 대답했다.

"난 단지 내가 꼬리를 밟으면 사자가 어떻게 반응할지 보고 싶었을 뿐이에요."

또 어떤 남자는 리틀타이크의 목덜미 털을 잡아당기고 있었다. 당장 그만두라고 했더니 "뽑아 가서 기념으로 두려고요."라고 천연덕스럽게 말하기도 했다. 하지만 이 정도는 양반이다. 어떤 남자가 리틀타이크를 슬쩍슬쩍 발로 밟고 차고 하길래 붙잡아다가 추궁했더니 남자의 대답이 가관이었다.

"사자가 나를 할퀴면 내가 당신을 고소할 수 있는 거 아닙니까? 그래서 돈을 좀 타내려고 했던 거지요."

남자는 우리가 그런 사고를 돈으로 무마할 만큼 부자이거나 리틀타이크가 사고칠 것을 대비해서 비싼 보험을 당연히 들었을 거라고 생각했다고 한다. 정말 기가 찰 노릇이다.

우리 부부는 사람들의 이런 행동을 도저히 이해할 수 없었다. 그래서 우리는 리틀타이크가 사람들을 다치게 할까 봐 신경을 쓰고 사는 게 아니라 사람들이 리틀타이크를 해코지할까 봐 신경 쓰고 살았다는 말이 더 맞다.

그런데 재미있는 것은 리틀타이크가 어려서부터 이렇게 이상한 사람들을 아주 명확하게 구별해 냈다는 것이다. 우리 부부의 팔에 안겨 다니던 갓난 시절부터 타이크는 좋아하는 사람과 싫어하는 사람이 명확했다. 게다가 한 번 싫다고 느끼면 바뀌는 경우도 거의 없었다.

그런데 더 재미있는 것은 타이크가 싫어하는 사람들을 지켜보면 결국 우리도 믿어서는 안 될 사람이란 게 판명되곤 했다는 것이다. 아무래도 리틀타이크에게는 사람에게는 없는 직관력이 있는 게 분명했고, 특히 좋은 사람과 나쁜 사람을 구별하는 능력은 아주 탁월했다.

마거릿과 리틀타이크는 대화 중

깔끔한 사자, 리틀타이크

리틀타이크는 우리와 함께 산 동물 중에서 가장 깔끔했다. 모든 사자가 깨끗한 걸 좋아하는지는 모르겠지만 어쨌든 리틀타이크는 지저분하고 더러운 걸 유난히 싫어했다.

이런 리틀타이크의 깨끗한 성격은 아내인 마거릿과 잘 맞았다. 리틀타이크는 더러운 걸 정말 싫어했고 나쁜 냄새에도 민감하게 반응했기 때문에 집을 깨끗하게 청소하는 걸 좋아하는 마거릿과 궁합이 딱 맞았다. 집이 조금만 지저분하면 마거릿은 열심히 쓸고 닦았고 리틀타이크는 열심히 쫓아다니며 응원했다.

그러다 보니 리틀타이크는 이상한 냄새가 나는 사람도 싫어했다. 자기 주위에 모여든 사람 중에 불쾌한 냄새를 풍기는 이가 있으면 눈과 귀로 그 사람이 누구인지 우리에게 알려 줄 정도였다. 도저히 참을 수 없다는 표시였다. 리틀타이크가 이런 표시를 하면 우리 부부 중 한 명은 슬쩍 가서 그 사람과 리틀타이크 사이에 서야 했다. 그렇지 않으면 리틀타이크가 골을 냈으니까.

리틀타이크에게 공격을 당하다

리틀타이크는 단 한 번도 사람을 해치지 않았다. 하지만 사자란 누가 자신을 괴롭히면 별 생각 없이 공격할 수 있는 동물임을 우리 부부는 잊지 않았다. 그러던 어느 날 마거릿이 리틀타이크에게 공격을 당하는 일이 발생했다.

그 일은 찌는 듯 더운 여름 날 식사 시간에 일어났다. 마거릿은 깨끗이 씻은 그릇에 리틀타이크의 밥을 부엌에서 담은 다음 여느 날처럼 그릇을 들고 마당으로 나갔다. 몇 년 동안 매번 반복되는 식사 풍경이었다.

"리틀타이크, 이리 온. 밥 먹자. 배고프지?"

마거릿이 부르자 리틀타이크도 여느 때처럼 기쁘게 달려왔는데 그

때 돌발 상황이 발생했다. 리틀타이크가 마거릿 앞에서 갑자기 뒷다리를 세워 벌떡 서더니 크게 울부짖으며 덤벼든 것이다. 그 일은 너무나 순식간에 일어났고 리틀타이크가 몸을 세우자 마거릿보다 훨씬 컸기 때문에 그 장면은 너무 위험스러웠다. 마거릿은 본능적으로 팔로 얼굴을 가렸고 순간 리틀타이크의 날카로운 발톱이 마거릿의 팔과 다리를 할퀴었다. 마거릿이 "타이크!" 하고 지른 외마디 비명 소리와 함께 타이크는 땅에 털썩 주저앉았고, 이어서 아무 일도 없었다는 듯 밥을 먹기 시작했다. 타이크의 이상 행동은 그걸로 끝이었다.

마거릿의 팔과 다리는 봉합수술이 필요할 정도였다. 심하게 할퀸 것이 아닌데도 다 큰 사자가 낸 상처는 꽤 심각했다. 의사에게는 차마 사자가 할퀴었다는 말을 할 수가 없어서 말에서 떨어지면서 가시가 있는 철조망에 뒹굴었다고 거짓말을 했다. 의사가 우리 말을 믿었는지는 잘 모르겠지만.

우리는 마거릿의 상처보다 왜 리틀타이크가 그런 행동을 했는지가 더 궁금했다. 분명히 이유가 있을 터였다. 이유 없이 그런 행동을 했다면 심각한 문제였지만 그럴 리 없었다. 우리는 타이크를 믿고 있었고 타이크 역시 우리를 믿고 사랑한다는 걸 알고 있었다. 그렇다면 대체 왜 그랬을까?

그 사건 이후로 우리는 리틀타이크의 행동이나 몸짓을 자세히 관찰했는데 하루는 마루에 누워 있는 타이크를 보다가 타이크 뒷발에서 이상한 점을 발견했다. 자세히 들여다보니 한쪽 발톱이 안쪽으로 파고들어 발바닥 안에서 자라고 있었다. 바로 이것이었다! 밥그릇 앞에서 미끄러지며 멈추는 순간 발톱이 살 속으로 파고들었을 것이고, 극심한 고통을 참지 못해 몸을 비튼다는 것이 바로 앞에 있던 마거릿에게 달려들었던 것이다.

이로써 모든 의문이 풀렸다. 리틀타이크는 마거릿을 다치게 할 의도가 전혀 없었던 것이다. 다만 자신이 겪는 고통을 표출하려던 행동이었을 뿐이다. 사고의 원인을 찾아내자 우리는 안도의 한숨을 내쉬었다. 리틀타이크가 이유 없이 그런 거친 행동을 했다면 그건 함께 살 수 없을지도 모르는 큰 문제였지만, 우리는 처음부터 리틀타이크를 믿었고 원인을 곧 찾아낼 수 있어서 다행이었다.

이제는 발톱을 잘라내는 방법을 찾아야 했다. 동물원에 데려가도 되겠지만, 그곳에서는 공포를 조성해서 일을 처리할 게 분명하니 그렇게는 하기 싫었다. 가능한 한 리틀타이크가 무서워하지 않도록 우리가 직접 깎아 주고 싶었다.

그래서 우리는 대형견용 손톱깎이를 사서 직접 도전했다. 개에게 하듯 발톱이 살을 파고들지 않도록 발톱을 잘라내고 잘 다듬어 주면 되었다. 리틀타이크의 반항이 심할 거라 걱정했는데 예상외로 타이크는 순순히 제 발을 우리에게 내 주었고, 이때부터 타이크 발톱 깎기는 우리의 일상 중 하나가 되었다. 이렇게 또 한 번의 소동은 서로에 대한 믿음으로 조용히 마무리되었다.

낚시터
소동

사라진 낚시꾼

히든밸리 목장 옆으로는 무지개송어 낚시로 유명한 그린 강이 흐른다. 목장을 따라 약 3.2킬로미터에 걸쳐 흐르는 강은 우리들의 산책 코스였으며 안식처와 같았다. 특히 이 강은 송어 낚시광인 아들 칼이 많이 사랑했다. 칼은 겨울철 주말이면 무지개송어를 잡기 위해 새벽마다 집을 나서곤 했다. 대부분은 개 두 마리와 너구리 라치를 데리고 가는데 가끔 날씨가 화창한 날에는 리틀타이크도 데리고 갔다.

"타이크, 강으로 낚시 가자."

그날도 칼이 부르자 리틀타이크는 냉큼 따라나섰다. 언제나처럼 타이크가 앞장을 서고 칼이 몇 걸음 뒤에서 뒤따랐다. 둘은 집을 나서 강 위쪽으로 구불구불하게 난 오솔길을 따라 걷고 있었다. 오솔길을 따라 걷다 보면 갑자기 시야가 확 트이면서 눈앞에 드넓은 평원이 나타나는데 그게 바로 우리가 트윈메이플이라 부르는 아름다운 목초지이고 그린 강은 그 옆으로 따라 흘렀다.

오솔길로 접어들자 신이 난 리틀타이크는 숲 속으로 들락날락거리며 사라졌다 나타났다를 반복하며 놀고 있었다. 그런데 칼의 시야에서 사라진 타이크가 다시 나타날 때가 되었다 싶었을 때 갑자기 정체 모를 비명 소리와 함께 땅에 물건이 내동댕이쳐지는 우당탕 소리가 들렸다. 무슨 일인가 싶어 서둘러 소리가 나는 곳으로 간 칼은 낯선 낚시꾼이 종잇장처럼 하얗게 질린 얼굴로 나무에 딱 붙어 덜덜 떨고 있는 모습을 보았다. 그리고 그 사람 앞에서 '왜 이런 소동이 일어난 거지?' 하는 궁금증 가득한 얼굴로 리틀타이크가 앉아 있었다.

소동을 진정시키기 위해 칼이 낮은 목소리로 타이크를 조용히 부르자 타이크는 터벅터벅 걸어서 칼 옆으로 왔다. 그러고 난 후 칼이 낚시꾼에게 자초지종을 설명하려고 했지만 겁먹은 낚시꾼은 벌써 놀란 토끼마냥 반대 방향으로 내달리고 있었다.

"아저씨, 괜찮아요. 돌아오세요. 이제 안 위험해요."

칼이 돌아오라고 아무리 소리를 쳐도 낚시꾼은 낚시 도구를 버려 둔 채 벌써 시야에서 사라지고 있었다.

그 낚시꾼은 3일 후 목장으로 찾아와 커피 한 잔을 마시고 낚시 장비를 챙겨 떠났다. 아마도 히든밸리 목장에 사는 사자일 거라는 말을 들은 모양이었다. 우리가 리틀타이크에 대해 이야기하고 사과했는데도 그는 다시는 히든밸리 목장에 발을 들여놓지 않았음은 물론이고,

목장 근처에서는 낚시도 절대로 하지 않아 우리를 미안하게 했다.

사자가 사람을 물어 죽이고 있어요!

그 일이 있은 후 한참 뒤 칼은 같은 지역으로 리틀타이크와 낚시를 갔다가 또 두 명의 낚시꾼을 만났다. 이번 낚시꾼들은 강 건너편에서 낚시를 하고 있었다. 갑자기 장난기가 발동한 칼은 타이크와 함께 계획을 세우기 시작했다.

"타이크, 거기 조용히 숨어 있어."

리틀타이크가 낚시꾼들이 안 보이는 위치에 웅크리고 있는 동안 칼은 낚시꾼들에게 잘 보이는 강둑에 자리를 잡고 앉았다. 그런 다음 여유롭게 커피를 한 잔 마시며 자신의 존재를 낚시꾼들에게 알렸다. 그러더니 잠시 후 풀밭에 드러누워 나직한 목소리로 타이크에게 자기 옆으로 오라고 소곤거렸다. 그러자 타이크는 마치 사냥감을 노리듯 배를 낮춘 자세로 칼에게 접근했다.

일은 각본대로 착착 진행되어 그 순간 낚시꾼들이 리틀타이크를 발견했다.

"이봐요, 이봐. 사자, 사자가 바로 뒤에 있어요!"

낚시꾼들은 손짓발짓을 하며 꽥꽥 소리를 질러댔다. 마치 그 소리에 놀라 일어난 것처럼 칼은 벌떡 일어나 앉았고 그 순간 리틀타이크의 공격이 시작되었다. 둘은 뒤엉켜 뒹굴며 힘을 겨뤘다. 칼이 타이크의 목을 조르면 타이크는 도망갔다가 이내 다시 돌아와 칼을 덮쳤다. 또 타이크가 칼 위에 올라탔는가 싶으면 금방 다시 칼이 타이크 위에 올라탔다. 이 순간 구경하던 낚시꾼들의 흥분이 극에 달했다.

"누, 누구 없어요? 사자가, 사자가 사람을 물어 죽이고 있어요!"

"사람 살려, 사람 살려!"

사실 칼과 리틀타이크는 예전부터 이런 식으로 엎치락뒤치락 뒤엉켜 노는 걸 좋아했는데 그걸 알 리 없는 낚시꾼들은 공포에 휩싸여 소리를 질러 댔다.

"리틀타이크, 잘 놀았다. 이제 그만 하자."

낚시꾼들을 충분히 골려 주었다고 생각한 칼은 놀이를 끝냈고 둘은 순식간에 탁탁 털고 아무 일도 없었다는 듯 일어났다. 둘이 일어서자 낚시꾼들은 뭐에 홀린 듯 멍해졌고 그들을 뒤로 남겨 두고 칼과 리틀타이크는 통발과 낚시 도구를 챙겨 들고 유유히 사라졌다.

칼과 리틀타이크의 '사기극'은 사람들을 너무 놀라게 할 우려가 있어서 한 번으로 끝냈다. 그나저나 우리는 그 낚시꾼들이 마을로 돌아가 무슨 말을 했을지가 궁금했다. 사자가 사람을 덮쳤는데 둘이 금방 친해져서 유유히 사라져 갔다는 이야기를 사람들이 믿어 줬을까? 과연 그들의 이야기를 몇 명이나 믿어 줬을까?

사, 사자가
나타났다!

페인트 소동

리틀타이크는 차 타는 걸 좋아했다. 특히 차의 앞 두 좌석에 걸쳐 누워서 머리와 앞발을 창문 밖으로 내미는 자세를 가장 좋아했다. 하지만 이 자세는 지나가는 사람이나 다른 차 운전자들의 운전을 방해할 수 있어서 이 버릇을 어떻게든 고쳐 보려고 했지만 타이크는 좀처럼 말을 듣지 않았다.

생각해 보라. 시내 중심가를 걸어가다가 달리는 차를 힐끗 봤는데 사자가 커다란 얼굴을 내밀고 있다면 놀라지 않겠는가? 또 운전을 하다가 신호에 걸려서 잠시 서 있는데 바로 옆에 사자를 태운 차가 서면 어떻겠는가? 십중팔구 처음에는 자신의 눈을 의심하겠지만 다음 단계는 너무 놀라 기절하지 않으면 다행일 것이다.

어느 날 우리 부부는 아들 칼과 리틀타이크를 차에 태우고 평소처럼 시내에 나갔다. 도심에 들어섰을 때 우리는 벽에 페인트칠을 하는 한 부부를 발견했고 동시에 그쪽 부인도 우리를 발견했다. 당시 남편은 사다리를 오르고 있었고, 부인은 페인트를 섞느라 고개를 숙였다가 드는 순간이었다. 부인의 눈에 타이크가 들어오자 부인은 순간 소리를 지르고 말았다.

"사, 사, 사자, 사자가 차에 타고 있어요."

말도 안 되는 소리를 들은 남편은 도대체 부인이 뭘 잘못 봤는지 살피려고 사다리 위에서 급하게 몸을 돌렸는데 그 바람에 남편의 손에 들렸던 페인트 통이 심하게 흔들렸다. 때마침 남편의 눈에도 커다란 사자가 들어왔고 놀란 남편이 순간적으로 중심을 잃자 사다리가 한쪽으로 기울면서 흔들흔들거렸고 그 바람에 페인트가 사방으로 튀기 시작했다.

우리는 고의가 아닌데도 불구하고 부부에게 폐를 끼친 게 미안했지만 그 순간은 빨리 자리를 뜨는 게 부부를 도와주는 거라 생각해 급하게 차를 몰았다. 뒤를 보니 더 이상의 사고 없이 남편은 다행히 중심을 잡았다. 우리는 자리를 뜨며 부부가 페인트칠을 무사히 마치기를 진심으로 빌었다.

음악과 영화를
사랑한 사자

'우워워엉' 노래 부르는 사자

리틀타이크는 음악을 사랑했다. 특히 아내 마거릿이 피아노 치며
노래 부르는 모습을 좋아했는데 음악을 좋아해서 마거릿이 피아노
치는 걸 좋아했는지, 마거릿이 피아노 치는 게 좋아 음악을 좋아하게
되었는지는 리틀타이크만 아는 비밀이다.

타이크는 어릴 때부터 마거릿이 피아노를 치면 바로 옆에 딱 붙어
앉아 있었다. 처음에는 그저 아내 옆에 앉아 음악을 듣고만 있는데,
조금 지나면 가르랑거리기 시작한다. 고양이와 살아 본 사람이라면
알겠지만 고양잇과 동물의 가르랑거리는 소리는 노랫소리와 흡사하
다. 그런데 리틀타이크는 거기에 머물지 않고 슬슬 희미한 울음소리
를 내다가 급기야는 그 큰 머리를 들어올리면서 '우워워엉' 하며 노래
를 따라 부르기 시작한다.

게다가 리틀타이크의 노래 부르는 소리가 얼마나 큰지 집 전체가 흔들거릴 지경이었다. 우렁차게 노래를 부르는 사사 옆에서 피아노를 치며 노래를 부르는 여인의 모습. 믿기 어렵지 않은가?

스크린 기습 공격

타이크는 TV 보기도 아주 즐겼는데, 특히 서부영화는 정신을 못 차릴 만큼 좋아했다. 영화가 시작되면 2시간 동안 꼼짝 않고 한자리에 앉아서 보고 좋아하는 장면이 나오면 눈도 깜짝하지 않았다. 특히 리틀타이크는 소나 말 등 동물이 등장하는 장면을 좋아했다. 동물이 나오면 두 눈을 부릅뜨고 유심히 살피는 모습이 정말 귀여웠다. 아마 소나 말 등과 함께 목장에서 뛰놀며 자라서 자기를 그들과 동일시한 게 아닐까 싶다.

한 번은 아프리카에서 영화를 만들고 돌아온 영화 감독 친구가 우리 집을 방문했다. 친구는 아프리카에서 자기가 직접 촬영한 영상을 보여 주고 싶다고 했다. 마다할 우리가 아니었다. 친구는 영사기를 설치하더니 집에 커다란 스크린을 걸었다.

그러자 정작 흥분한 건 우리가 아니라 리틀타이크였다. 스크린으로 영화를 처음 보는 리틀타이크는 기뻐서 어쩔 줄 몰랐다. 스크린은 TV보다 훨씬 크고 실물과 가까웠기 때문에 리틀타이크에게는 영화가 그야말로 흥미진진한 모험 같았을 것이다. 게다가 배경이 아프리카 아닌가.

영화는 훌륭했다. 눈앞에 손에 잡힐 듯 펼쳐지는 아프리카의 초원에 우리 부부와 리틀타이크는 온통 마음을 빼앗기고 말았다. 그런데 예상치 못한 일이 터지고 말았다.

화면 속에서 한 떼의 코끼리가 카메라맨을 습격하는 장면이 나오자 리틀타이크가 흥분하기 시작했다. 눈깜짝할 사이 타이크의 귀가 뒤로 젖혀지면서 큰 이빨을 다 드러낼 정도로 입술이 말려 올라갔다. 그러더니 순식간에 훌쩍 뛰어올라 스크린으로 돌진하는 게 아닌가.

크리스마스 파티를 기다리는 리틀타이크

"어, 어, 타이크!"

우리가 말릴 틈도 없었다. 순식간에 스크린으로 돌진한 리틀타이크는 스크린을 통과해 함께 쓰러지고 말았다. 우리는 순간적으로 놀란 나머지 잠깐 침묵했으나 결국 상황이 이해되자 웃음을 참지 못하고 터뜨리고 말았다. 타이크는 코끼리의 습격으로부터 우리를 보호하려고 했던 것이다. 덕분에 우리는 무사했고 대신 스크린만 박살이 났다.

그런데 스크린과 함께 쿵 넘어진 다음의 리틀타이크 행동을 보고 우리는 더 웃지 않을 수 없었다. 넘어졌다가 일어나며 리틀타이크가 '도대체 코끼리는 어디로 간 거야?' 하는 어리둥절한 표정으로 연신 사방을 두리번거렸기 때문이다.

사자와
함께한 삶

참새, 공작, 닭은 내 친구

목장에서 일어나는 모든 사건들은 그저 일상에서 벌어지는 일들이다. 급할 것도 없고 억지로 해야 할 것도 없다. 우리 부부와 리틀타이크는 아침이면 닭과 공작에게 모이를 주러 목장으로 나간다. 이때면 근처 나무 위에서 놀던 공작들도 모이를 먹기 위해 마당으로 내려앉는다.

공작은 봄이면 나무가 우거진 언덕에 둥지를 틀고 새끼를 부화시키고, 새끼들이 어느 정도 자라 스스로 날고 생활할 수 있을 때까지 안전한 우리 목장 안에서 생활했다. 공작 생각에는 우리 목장이 보호구역인 셈이었다. 새끼들과 하루 종일 목장에서 자고 놀던 공작들은 마지막 햇살 한 조각이 떨어질 때까지 절대 자기 둥지로 돌아가지 않았다.

공작이나 닭, 새들에게 모이를 주는 일은 우리에게는 매일 있는 평범한 일상이라 낯선 사람에게 그 풍경이 얼마나 이상하게 느껴질지 짐작도 하지 못했다. 그런데 사람들 눈에는 사자가 함께 다니며 새들에게 모이를 주는 일이 굉장히 이상해 보였던 모양이다.

　"사자가 옆에 따라다니면서 모이를 주는데 겁없이 그 모이를 먹는 새들도 이상하고, 정말 이상한 건 그런 닭이나 새를 잡아먹지 않는 사자인 거죠. 처음엔 제 눈을 의심했다니까요."

　우리 부부는 나중에서야 이런 이야기를 듣고 '이상했을 수도 있겠구나.' 생각했다.

　리틀타이크는 태어나면서부터 언제나 새들과 함께했다. 그러다 보니 닭과 공작들은 자기들과 뒤섞여 마당에서 돌아다니는 리틀타이크에게는 아무런 관심도 없었다. 하다 못해 개가 나타나도 후딱 날아가거나 이리 뛰고 저리 뛰고 도망가기 바쁜 녀석들이 리틀타이크를 보는 눈은 너무나 심드렁했다. 그저 자기들과 같은 종족인 공작이나 닭 보듯 했다고 해야 할까.

　히든밸리 목장을 자유롭게 들락거리는 100마리 이상의 공작 중에는 리틀타이크의 먹이를 함께 먹는 특권을 누렸던 공작도 있었다. 깃털이 아름다운 인도공작 수컷인데 우리 부부 눈에는 다 똑같아 보이건만 리틀타이크는 자기가 좋아하는 이 공작을 다른 공작과 혼동하지 않고 오로지 이 녀석에게만 자리를 내줬다. 둘은 서로를 많이 아끼며 오랫동안 좋은 친구로 지냈다.

리틀타이크와 단짝 고양이 임프는 함께 신나게 뛰논 후 휴식 중

리틀타이크는 참새에게도 한없이 너그러웠다. 다른 건 몰라도 먹는 건 좀처럼 남들과 나누려 하지 않는 리틀타이크인데 이상하게도 참새는 예외였다. 참새들이 거리낌 없이 자기의 밥그릇을 들락거리며 밥을 뺏어 먹어도 타이크는 그냥 쳐다만 보았다.

또 참새들이 누워 있는 리틀타이크 주변을 폴짝거리며 돌아다녀도 귀찮아하거나 잡는 척 위협하는 모습도 본 적이 없다. 새만 보면 못 잡아 먹어 안달이 난 고양이들과 살던 우리로서는 참으로 이해할 수 없는 광경이었다.

믿거나 말거나!

리틀타이크와 살면서 놀랐던 일 중 하나가 바로 타이크의 감지 능력이었다. 깊이 잠들어 있을 때조차도 타이크는 도로에 차 들어오는 소리를 가장 먼저 들었으며 무슨 일이 벌어지는지도 가장 빨리 알아차렸다. 야생동물 본연의 예민함이 살아 있다는 말일 것이다.

때때로 리틀타이크가 부엌에서 멀리 떨어진 곳에 깊이 잠들어 있는 걸 확인하고 밥을 준비할 때가 있다. 밥 준비를 끝내고 이제 타이크를 깨워야겠다고 생각할 때쯤이면 신기하게도 타이크는 마거릿 바로 앞에 나타나 있었다. 타이크는 확인할 필요도 없다는 듯 성큼성큼 부엌에 들어온 다음 이제 밖에 나가서 먹기만 하면 된다는 듯 문 앞에 앉아서 기다렸다. 게다가 이런 일은 한두 번이 아니라 비일비재했다.

깊이 잠들어 있던 타이크가 밥 준비가 다 된 걸 어떻게 알았을까? 이럴 때면 이것은 동물의 예민함이 아니라 타이크가 혹시 우리 마음을 읽는 게 아닐까 생각되기도 했다.

산책은 우리는 물론이고 리틀타이크도 가장 좋아하는 시간이었다. 인적이 드문 곳에 있는 우리 목장도 넓었지만 목장을 나가 그린 강을 따라 있는 초원은 최고의 자연 환경이었기 때문에 그곳을 걷는 일은 언제나 우리에게 행복감을 선사해 주었다. 리틀타이크를 비롯해 산책에 따라나선 목장 동물들은 제멋대로 강둑을 따라 어슬렁거리며 돌아다녔다. 그렇게 산책을 하다가 온갖 동물들을 만났고 때로는 산

책을 마치고 돌아오는 길에 동물 식구가 더 느는 일도 많았다.

어느 화창한 일요일, 우리는 평소보다 긴 산책을 했다. 시간 가는 줄 모르고 저녁 무렵까지 돌아다녀서 돌아오는 길에는 모두 상당히 지쳐 있었고, 배도 고팠다. 집이 저 멀리 보이길래 있는 힘을 짜내 걷던 우리는 집 앞에 알지 못하는 차가 서 있는 것을 보게 되었다.

"이런, 방문객은 사절인데……."

손님을 맞기에 그날 우리는 너무 피곤했다.

게다가 그날 따라 유달리 대규모 산책이었다. 우리 옆에는 리틀타이크가 있었고, 그뒤를 따라 작은 개 두 마리와 사슴 한 마리, 양과 당나귀가 따랐다. 그게 끝이 아니었다. 당나귀 뒤에는 포니 세 마리, 포니 뒤에는 말과 소 몇 마리가 따라왔다. 더구나 너구리 라치까지 산책에 합류한 대규모 산책단이었다. 그러니 그 대규모 부대를 이끌고 한 산책의 마지막 길이 얼마나 피곤했겠는가.

그런데 집 근처에 다 와서야 우리는 차에 탄 사람이 손님이 아니라는 사실을 알았다. 그저 지나가던 사람이 우리가 산책하는 모습을 보고 궁금한 게 있어서 문 앞에서 기다리고 있었던 것이다. 그는 우리를 보더니 서둘러 창문을 내리고 말을 걸었다.

"무섭지 않아요?"

오랜 시간을 기다렸다가 묻는 사람의 질문치고는 너무나 허탈해서 우리는 피곤함도 잊고 웃고 말았다. 하지만 다시 생각하니 육식동물인 사자가 이른바 '먹잇감'들과 함께 산책을 하는 풍경이 믿기지 않을 수도 있었겠다. TV 프로그램인 〈믿거나 말거나〉에 나와도 충분할 광경이었을 테니 말이다.

편안한 잠자리가 필요했던 게냐?

한번은 리틀타이크와 함께 동부에서 목장을 하는 친구를 방문한 적이 있다. 사과꽃이 만발한 계절이었다. 활짝 핀 꽃에서 스며나온 향기가 주위를 진하게 물들였고, 평소 꽃향기를 좋아하던 리틀타이크는 너무도 기뻐하며 꽃나무 사이를 돌아다녔다.

꽃향기를 맡으며 목장 주변을 몇 시간이나 산책을 했을까, 우리는 리틀타이크가 사라졌다는 걸 알아차리지 못한 채 이야기를 나누며 걷고 있었다. 한참을 걷다가 우리는 그제서야 리틀타이크가 우리 곁에 없음을 알아차렸다. 평소 산책을 할 때 우리 곁을 떠나는 일이 없는 리틀타이크인데, 무슨 일이지?

리틀타이크가 안 보이자 친구는 걱정을 하기 시작했다. 다 자란 사자가 자신의 목장을 어슬렁거리며 돌아다니고 있으니 당연한 반응이었다. 친구는 뒷마당에 묶어 둔 작은 송아지 두 마리가 가장 걱정된다고 했다. 우리는 절대 그런 일은 없을 거라며 안심시켰다. 사실 우리의 걱정은 그게 아니었다. 목장 주변에 고속도로가 있는데 혹시 리틀타이크가 도로 쪽으로 갔다가 달리는 차에 봉변을 당하지나 않았을까 걱정이었다.

일단 우리는 서둘러 집 쪽으로 향하며 리틀타이크를 찾기 시작했

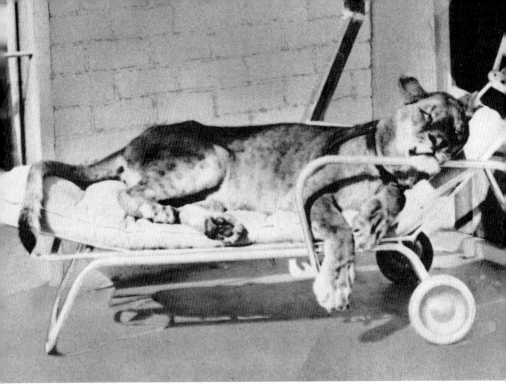

나는 졸렸을 뿐이라고!

다. 집에 도착해 먼저 뒷마당으로 가보니 매어놓은 송아지 두 마리는 무사했다. 그럼 리틀타이크는 어디로 간 거지? 불안한 마음에 두리번거리는 우리 눈에 리틀타이크가 보였다.

세상에, 리틀타이크가 앞마당의 노랗고 예쁜 긴 의자 위에 축 늘어져 평화롭게 낮잠을 자고 있는 게 아닌가. 친구는 사자가 어린 송아지를 해치지 않고 그냥 지나쳤다는 사실에 놀라워했다. 아무리 채식을 해도 그렇지 사자가 어떻게 그럴 수 있냐며 친구는 믿을 수 없다고 했다. 하지만 우리는 그저 잠자리 때문에 우리를 놀래킨 타이크가 야속할 뿐이었다.

목장 옆 그린 강의 물을 직접 마시고 있는 리틀타이크

흐르는 물에 대한 공포

리틀타이크는 특이하게도 마시는 물 이 외의 물을 싫어했다. 목
장 바로 옆에 강이 흐르는데도 강에서 물을 마시거나 물속에 들어가
는 일이 절대 없었다. 산책을 나갔다가 목이 마르면 우리가 두 손으
로 강물을 떠왔고 그러면 타이크는 손안의 물만 핥아 마셨다. 그래서
우리는 산책만 나가면 타이크의 갈증이 가실 때까지 몇 번이고 손으
로 강물을 떠 날라야 하는 수고를 감수해야 했다. 그렇게 흐르는 물
에 절대로 입을 대지 않던 리틀타이크가 7살이 되어 처음으로 강물
을 직접 마시는 일이 발생했다.

그때 우리는 캘리포니아에 여행을 가 있었다. 그런데 하필 그 시기는 1년 중 산불이 가장 많이 발생하는 시기라 예방 차원에서 출입 제한을 하고 있어서, 우리는 허가를 받고서야 산책을 할 수 있었고 그날은 허가를 받아 근처 강을 낀 언덕을 산책하고 있었다. 우리는 리틀타이크와 함께 걸으며 아무 제재 없이 마음껏 산책할 수 있는 히든밸리 목장을 그리워했다. 그런데 산책이 좀 길어질 때쯤 리틀타이크가 주변을 두리번거리더니 강으로 다가가는 게 아닌가. 서부의 더운 날씨에 목이 무척 마른 모양이었다.

"타이크, 너, 너……."

리틀타이크는 잠시 머뭇거리더니 강으로 다가가 물을 마시기 시작했다. 친구는 그게 뭐 별일이냐며 의아해했지만 우리는 물에 대한 공포를 극복한 리틀타이크의 모습을 보고 흥분해서 소리를 질렀다.

그 후 리틀타이크는 집으로 돌아온 후에도 산책을 나갔다가 가끔 강물을 마시곤 했다. 물론 바로 옆에 우리가 있고 우리의 애정을 확인하고 싶거나 어리광을 부리고 싶은 날이면 여전히 손에다가 물을 떠오라고 고집을 부렸지만!

동물은 색을 구별할까?

동물이 색을 구별할 수 있는지에 관한 논란이 많다. 나도 책을 통해 동물은 인간에 비해 구별할 수 있는 색이 아주 적다고 알고 있었다. 하지만 리틀타이크와 살면서 동물들도 모든 색을 구별한다는 확신이 들었다.

리틀타이크는 우리가 옷을 바꿔 입으면 잠시 눈을 가늘게 뜨고 유심히 살핀다. 비슷한 옷에 단지 색만 바뀌었을 뿐인데도 말이다. 그리고 우리 부부라는 것을 확인하고 나서야 울음 소리를 내며 기쁘게 달려와 몸을 비비며 반가움을 표했다. 색이 바뀌어서 다른 사람인 줄 알았는데 우리 부부라서 너무 기쁜 것처럼 말이다. 우리가 매번 옷을 바꿔 입을 때마다 보이는 리틀타이크의 이런 행동을 보고 우리 부부는 사자가 모든 색을 구별한다고 확신했다. 과학적으로 말도 안 되는 소리라고 하면 이론적으로 반박할 말은 없지만 그저 경험으로 봐서 그렇다는 것이다.

대중 앞에
서다

리틀타이크의 동영상

우리는 리틀타이크의 모습을 되도록 많이 찍어 두고 싶었다. 히든 밸리에서 보내는 평범한 일상은 물론이고 퍼레이드에 참여한 모습 등 특별했던 순간까지 모두 남기고 싶어서 사진도 찍고, 무성 동영상으로도 찍어 두었다. 세월이 흘러 언젠가 리틀타이크가 먼저 세상을 떠나면 영상을 보며 우리가 함께 얼마나 즐겁고 행복하게 살았는지 회상하고 싶다는 게 우리 부부의 작은 소망이었다. 그래서 서툰 솜씨로 만든 리틀타이크의 이미지 자료들을 소중하게 간직하면서 우리 집을 방문한 친구들에게 보여 주곤 했다.

그런데 리틀타이크에 대한 소문이 퍼지면서 우리가 만든 그 조악한 영상을 보고 싶어하는 사람들이 늘어났다. 이웃 동네의 사람들은 물론 알지도 못하는 사람들에게서도 영상을 빌려 줄 수 없느냐는 문의가 쇄

도했다. 하지만 우리에게는 복사본을 만들 능력이 없었고, 내레이션이나 음향 효과, 음악을 넣어 멋지게 만들 기술도 경제력도 없었으므로 모든 사람들의 요구에 응하기는 어려웠다. 그저 소장용으로 어설프게 만든 걸 공개하라고 하니 난감하기 그지 없었다. 게다가 그동안 몇 번 상영을 한 것만으로도 벌써 원본 테이프가 닳을 지경이었다.

그래서 우리 부부는 원칙을 세웠다. 리틀타이크의 영상을 보여 달라는 요구에는 응하지 않기로 한 것이다. 우리 부부에게는 너무나 소중한 테이프인데 이러다가는 훗날 두고두고 볼 수도 없을 것 같았기 때문이다. 그리고 목장 일도 너무 바빠서 일일이 사람들의 부탁에 응하기도 힘들었다.

그런데 우리가 지고 만 일이 일어났다. 한 대학의 학장이라고 자신을 밝힌 사람이 2년 동안 끈질기게 전화를 해온 것이다. 대학과 교육의 사회적 기능에 대한 업무를 맡고 있는데 리틀타이크의 영상을 학생과 지역 주민에게 보여 주는 게 어떤 수업보다도 의미가 있는 시간이 될 것이라고 우리를 설득했다. 2년간의 지극 정성에 결국 우리도 감동하여 리틀타이크의 영상을 빌려 주기로 허락하고 말았다. 학장은 리틀타이크의 영상을 가져다가 배경 음악도 넣고 각종 효과도 넣어 새롭게 편집하는 일을 도맡아했다.

마침내 리틀타이크의 영상이 상영되는 날 우리는 학교에 도착해 상영회가 열릴 강의실을 둘러보고 깜짝 놀랐다. 강의실은 무려 2,500명이나 수용할 수 있는 대규모 강당이었다. 과연 단지 리틀타

이크의 영상을 보기 위해 온 사람들로 이 넓은 곳을 다 채울 수 있을지 우리는 걱정스러웠다.

하지만 우리의 걱정은 기우임이 바로 드러났다. 상영 시작 시간은 저녁 8시였으나 자리는 시간도 되기 전에 일찌감치 꽉 찼다. 좌석뿐만 아니라 계단, 통로, 난간, 창틀에도 좌석을 차지하지 못한 사람들로 꽉 들어찼다. 이 모든 것이 나와 마거릿에게는 새롭기도 하고 당혹스럽기도 했다. 왜냐하면 우리 부부는 이렇게 많은 사람들이 모일 거라고는 예상 못하고 무대 위에서 할 짧은 인사말조차 준비하지 않았기 때문이다.

어쨌든 상영회는 시작되었고 나는 마이크를 잡고 타이크의 영상을 사람들에게 설명하기 시작했다. 리틀타이크가 목장으로 와서 동물들과 친해지는 모습부터 어미 사자의 젖 대신 우리가 주는 우유를 먹는 모습, 눈을 맞으며 노는 모습 등등. 그건 아무리 사람이 많아도 어려운 일이 아니었다. 그저 리틀타이크와 우리가 함께 살아온 일들을 회상하듯 들려주면 되는 것이니 떨릴 이유가 없었다. 리틀타이크의 모습과 함께 흘러나오는 부드러운 오르간 음악이 영상을 더욱 돋보이게 했다. 리틀타이크가 양과 함께 먹고 노는 장면에서는 사람들이 손수건을 꺼내 흐르는 눈물을 닦는 모습이 내 눈에 들어왔다.

쏟아지는 감사의 편지

상영이 끝나자 사람들은 열렬하게 환호했다. 이어서 커튼이 열리

사자와 양이 함께하는 평화로운 휴식 시간

며 마거릿과 함께 리틀타이크가 무대에 나타나자 강당은 흥분의 도
가니가 되었다. 스포트라이트를 받으며 서 있는 마거릿과 타이크의
옆에 나도 가서 섰고, 수천 명의 사람들이 환호하는 모습을 정면에서
보니 가슴이 벅차게 뛰었다.

"아, 안녕하세요."

우리는 떨리는 목소리로 어렵게 인사를 건넸다. 그런데 그 인사가
마치 무슨 신호라도 된 듯 갑자기 수백 명의 사람이 무대로 뛰어 올
라왔다. 어른 아이 할 것 없이 뛰어 올라왔고, 그중에는 갓난아기를
품에 안은 엄마, 몸이 불편해 목발을 짚은 사람도 있었다. 사람들의
목적은 오로지 하나였다. 리틀타이크를 직접 만지고 싶었던 것이다.

예상치 못한 소동에 나와 마거릿은 깜짝 놀랐지만 리틀타이크는
의외로 얌전하게 사람들의 손을 이겨내고 있었다. 하지만 호기심 많
고 아이를 좋아하는 리틀타이크가 아이들과 장난이라도 쳤다가는 사
고가 날지도 모른다는 생각에 우리는 마음이 급했다. 고양이와 장난
치다가 다쳐도 아이에게는 흉터가 남는 법인데 하물며 사자인데 오
죽하랴. 우리는 더 이상 지체해서는 안 된다는 생각에 서둘러 마이크
를 잡았다.

"리틀타이크를 사랑해 주셔서 정말 감사드립니다. 그런데 이제는
그만 떠나야 할 때가 된 것 같군요. 저희와 리틀타이크가 지나갈 수
있게 통로를 내 주시면 감사하겠습니다. 부탁드립니다."

우리는 리틀타이크가 지나갈 수 있게 통로를 내달라는 부탁을 거

듭거듭 해야만 했다. 안간힘을 쓴 끝에 간신히 무대를 벗어나 출입
문까지 나왔고 서둘러 어둠 속으로 뛰어든 후 안도의 숨을 내쉬었다.
하지만 아뿔싸, 밖에도 수백 명의 인파가 몰려 있을 줄이야! 우리는
또다시 사람들을 헤치며 조금씩 앞으로 나아갔다. 힘겹게 차에 도착
해 마침내 리틀타이크가 차에 훌쩍 뛰어 올라타는 순간 한 아이가 기
쁨에 겨워 소리를 지르고 있었다.

"우와, 나 지금 사자를 만졌어요. 진짜 사자를 만졌다고요."

그 짧은 순간에도 리틀타이크는 사람들에게 감동을 주었다.

며칠 뒤 우리 부부는 학장으로부터 편지를 받았다.

지난 토요일 밤 타이크와 함께 우리 대학에 와주신 것에 대해
어떻게 감사를 드려야 할지 모르겠습니다. 정말 고맙습니다. 그곳
에 앉아 타이크의 일상이 고스란히 담긴 생생한 영상을 보면서 우
리는 모두 사랑이 충만한 히든밸리 목장의 삶에 깊은 감동을 받았
습니다. 공포 대신 사랑이 넘쳐흐르는 목장의 삶을 보면서 우리는
모두 천국을 그리워했습니다. 더 이상 아무도 다치거나 죽지 않는
곳, 공포와 복수 대신 사자와 양이 함께 누워 있고 어린아이가 그
들을 이끄는 그런 곳 말입니다.

인류가 총을 내려놓게 될 날을 간절히 소망하는 우리를 발견
할 수 있는 좋은 자리였습니다. 타이크를 통해 우리는 믿기 어려
울 만큼 멋진 세계를 경험했습니다. 당신들이 다녀가신 지 몇 주

가 지났지만 저희는 요즘도 수십 번씩 감사와 찬사를 받고 있습니다……

그리고 두 달 남짓 지나 학장으로부터 한 장의 편지가 또 도착했다.

……지난 10월의 리틀타이크 초청 강연에 대한 감사 편지가 여전히 쇄도하고 있습니다. 사람들은 지난 40년간 이곳에서 열린 행사 중 가장 기억에 남는 강연이었다고 말합니다…….

리틀타이크가 보여 준 평화로운 세상

대학에서의 동영상 상영 이후 사람들이 보여 준 반응은 우리 부부로서는 믿기 어려울 정도로 과분한 것이었다. 우리는 벅찬 마음으로 리틀타이크를 쓰다듬어 주었다. 무성 영상 속 리틀타이크의 모습만으로도 사람들을 행복하게 해 줄 수 있다는 게 우리는 자랑스럽고도 고마웠다.

그리고 그날 이후 전국 각지에서 초청 의뢰가 쏟아졌다. 심지어 우리가 대학에서 동영상을 상영한 바로 그날, 다른 주에 있는 방송국으로부터 출연 요청을 받기도 했다. 어떻게 그토록 빨리 소문이 퍼질 수 있는지 그저 신기하기만 했다.

많은 사람들이 리틀타이크의 영상을 보고 싶어했고, 리틀타이크를 직접 만나고 싶어했다. 하지만 그 모든 곳을 다닐 수는 없었고 몇몇 곳을 골라 참석하고 나면 으레 감사의 편지가 쏟아졌다.

……저는 근처에서 강연회가 열리면 되도록 빠뜨리지 않고 참석하는 사람입니다. 하지만 여러 강연 중에서도 당신들의 강연은 정말 특별했습니다. 리틀타이크의 영상을 보는 동안, 그곳은 사자와 양뿐만 아니라 모든 동물이 함께 노니는 축복의 땅이라는 생각이 제 맘을 떠나지 않았습니다. 리틀타이크는 신이 주신 선물이라고 믿습니다. 타이크를 본 이후 사람들의 마음이 달라졌기 때문입니다.

리틀타이크가 당신의 목장에서 살게 된 것도 운명이라고 생각합니다. 이 넓은 세상 중에 리틀타이크를 있는 그대로 이해해 줄 인간이 당신들 말고 누가 있었을까요?

영상을 보는 내내 저는 전율을 느꼈습니다. 특히 커튼이 올라가고 당신 부부와 리틀타이크가 함께 소파에 앉아 있는 장면을 보는 순간 느낀 감동을 지금도 잊을 수 없습니다. 생각해 보세요! 우리에 갇히지도 고삐에 묶여 있지도 않은 큰 사자라니요! 사랑과 믿음의 힘만으로 통제되는 사자라니요! 믿을 수 없었고, 그러기에 감동이 더 컸습니다…….

리틀타이크와 양이 함께 누워 있는 사진을 부탁하는 사람이 너무 많아서 우리는 사진을 수천 장 인화해 놓고 보내 줄 정도였다. 그런

데도 원하는 사람들이 너무 많아 인화해 둔 사진이 떨어진 경우도 여러 번 있었다. 사진을 받은 사람들에게서도 많은 편지가 왔다.

리틀타이크와 양이 함께 누워 있는 놀라운 사진을 잘 받았습니다. 저는 이 사진이 너무나 자랑스러워서 거실에 걸어 두었습니다.

저는 28살이나 먹은 남자입니다만 리틀타이크의 영상을 보고 눈물 흘렸다는 게 창피하지 않습니다. 저는 오히려 제 팔로 리틀타이크를 꼭 안아보고 싶었습니다.

인간은 동물에게 얼마나 잔인한 존재일까요! 당신들은 폭력 없는 사랑이 통하는 세계를 제게 보여 주었습니다. 언젠가 히든 밸리 목장처럼 모든 인간과 동물이 이 땅에서 평화롭게 공존할 수 있겠죠? 언젠가 당신의 목장을 방문해 리틀타이크를 꼭 보고 싶습니다.

사랑을 부르는
특별한 능력

사람들 마음 속에 사랑을 일으키는 재주

　리틀타이크에 대해서 신문에서 보고, 강연을 들은 세계 각지의 사람들은 타이크에게 애정 넘치는 편지를 끊임없이 보내왔다. 아마도 타이크에게는 인종도, 연령도, 직업도 뛰어넘어 수많은 사람들의 마음 속 무언가를 흔들어 놓는 능력이 있는 모양이었다.

　타이크는 예술가들의 감성도 흔들어 놓았다. 타이크를 보고 영감을 받아 지었다는 시를 받기도 했고, 그림을 그렸다는 미술가도 있었다.

　그중 한 여성의 편지가 기억에 남는다. 그녀는 어찌나 겁이 많은지 처음 히든밸리 목장에 도착했을 때 무섭다면서 차에서 내리는 것조차 두려워했다. 그러던 그녀가 타이크가 조용히 다가가 친근하게 코를 부비자 두려움을 잊고 환하게 웃었던 기억이 난다. 그녀는 타이크를 처음 본 순간 리틀타이크의 위엄과 당당함에 경외심을 느꼈다고

했다. 나중에 그녀는 리틀타이크에게 바치는 시를 편지로 보내왔다.

내 사랑, 황금빛 타이크.

눈부신 열대의 눈동자

젊음의 순수함으로 빛나고

사려 깊은 눈동자는 지혜를 발하네.

나 어떻게 말할 수 있을까

너와 함께한 눈부신 시간

네가 내 앞에 나타난 순간

그 전율 영원히 잊지 못하리.

내 손과 팔에 와닿던

너의 부드러운 감촉을

강한 턱과 날카로운 이는

오직 평화를 위한 것이었지.

부드러운 갈기와 위엄 있는 머리

너의 눈, 너의 부드러운 귀

나 네 옆에 앉아 있었지.

무섭지는 않았어.

너는 온순하고 사랑스러운 정글의 야수

우리 비록 지금은 멀리 있지만

그 짧은 한때

우리의 생이 겹쳐지고
마음과 마음이 통했지.

리틀타이크의 어떤 점 때문에 사람들이 이토록 격렬하게 반응하는
지 우리는 항상 궁금했다.

아름다운 사자

리틀타이크와 함께 캘리포니아 해변에 갔을 때도 비슷한 경험을
했다. 사람들의 시선이 부담스러웠던 우리는 항상 자정이 지나서야
해변을 산책하곤 했다. 그 시간이면 해변에는 사람들이 사라지고 정
적만 남아 오붓하게 산책을 하기가 좋았기 때문이다.

타이크는 모래 위를 달리는 걸 좋아했다. 또 달려드는 파도를 그
커다란 앞발로 툭툭 치며 노는 걸 재미있어 해서 우리는 종종 바다
여행을 하곤 했다. 기분 좋은 해변가 산책이 끝나면 타이크는 언제나
높은 방파제 위를 걸어서 숙소로 돌아오곤 했다.

여느 때처럼 한밤의 산책을 마치고 돌아오던 우리는 해변가에 주
차된 차를 한 대 발견했다. 차에는 끝없이 살아 움직이는 밤바다를
바라보는 한 쌍의 젊은 남녀가 타고 있었다. 그런데 우리가 차 옆을
조용히 지나가려는 순간 갑자기 문이 열리면서 남자가 튀어나오는
것이 아닌가.

우리는 깜짝 놀라 멈춰 섰는데 남자는 우리 쪽을 향해 성큼성큼 걸

어오더니 한 순간의 망설임도 없이 리틀타이크를 꼭 껴안았다. 그러고는 기쁜 목소리로 낮게 속삭였다.

"너, 정말 아름다운 사자구나!"

너무나 익숙한 태도로 타이크를 껴안았기 때문에 우리는 아는 사람인 줄 알았다. 하지만 처음 본 남자였고 그는 사자를 이렇게 가까이에서 본 것도, 하물며 사자를 만져본 것도 난생 처음이라고 했다. 그저 리틀타이크를 보자마자 두려움보다 사랑스러운 마음이 솟구쳤다고.

처음 본 사람에게도 이런 사랑스러움을 불러일으킬 수 있다니 리틀타이크가 특별한 능력을 타고나긴 한 모양이다.

TV 출연과
예상치 못한 결과

리틀타이크가 주인공인 TV 프로그램

리틀타이크에 관한 이야기가 조금씩 알려지자 방송국에서 연락이 왔다. 리틀타이크를 주인공으로 TV 다큐멘터리 프로그램을 만들고 싶다는 것이었다. 우리 부부는 리틀타이크에게는 재미있는 경험과 추억이 되고, 사람들에게는 리틀타이크의 평화로운 삶을 알리는 좋은 계기가 될 것이라고 생각해 승낙했다. 하지만 우리는 이 결정이 리틀타이크를 죽음으로 몰고 갈 줄은 상상도 하지 못했다.

TV 프로그램의 주인공이 되는 일은 쉬운 일이 아니었다. 방송국 스튜디오에 가서 직접 생방송으로 촬영하는 것은 물론이고, 그 전에 몇십 분 분량의 영상을 미리 찍어 놓아야 하는데 그 동영상에는 리틀타이크의 삶을 가장 잘 나타낼 수 있는 상징적인 내용이 들어간다고

했다. 힘든 일정일 것 같았지만 우리는 일단 출연하기로 결정한 이상 최선을 다해 협조하기로 했다.

사전 촬영은 캘리포니아의 비버리힐스에서 하기로 되어 있어서 우리는 워싱턴에서 캘리포니아까지 이틀을 달려 촬영 장소에 도착했다. 도착하니 수많은 방송국 관계자들이 우리를 기다리고 있었고 대강의 촬영 내용을 설명해 주었다. 리틀타이크는 병아리, 고양이, 양 등과 함께 연이어 평화로운 모습을 보여 주는 촬영을 해야 했고 마지막에는 아이가 탄 수레까지 끌어야 했다. 우리는 촬영 분량이 너무 많다고 생각했다. 어찌 보면 간단해 보이는 촬영이지만 상대는 말이 통하지 않는 동물들이므로 촬영 시간이 어찌될지는 아무도 알 수 없었다. 그저 리틀타이크가 잘 도와줘 빨리 끝날 수 있기만을 바랄 뿐이었다.

먼저 본 방송의 장면들을 찍기 전에 프로그램의 첫 부분에 들어갈 오프닝 장면을 찍어야 했다. 오프닝은 프로그램의 진행자인 아트 베이커와 리틀타이크가 만나는 장면이었다.

처음 보는 아트 베이커에게 리틀타이크가 어떤 반응을 보일까? 그건 전적으로 아트 베이커의 첫인상에 달려 있었다. 드디어 필름이 돌아가고 아트 베이커가 노크를 하자 마거릿이 문을 열어 주는 장면이 촬영되었다. 뒤이어 열린 문으로 몸을 쓰윽 내민 타이크가 성큼성큼 아트 베이커에게 다가가더니 다정하게 몸을 비비는 게 아닌가. 게다가 아트 베이커도 전혀 두렵지 않은 태도로 타이크의 머리를 부드럽

게 쓰다듬더니 앞발을 잡고 악수를 했다. 사자와 아트 베이커의 찰떡
궁합 덕분에 첫 장면은 무리 없이 순식간에 찍을 수 있었다.

병아리 네 마리와 사자

하지만 문제는 이제부터였다. 리틀타이크가 온갖 동물들과 촬영을
해야 하는 장면이 줄줄이 남아 있었기 때문이다.

가장 먼저 찍을 동물은 닭이라고 했다. 목장에서도 매일 닭 무리
사이를 돌아다니는 타이크이니 이 장면은 비교적 쉽게 끝날 거라고
생각했는데 막상 촬영 장소에 도착한 닭을 보고 우리는 깜짝 놀라고
말았다. 닭이 아니라 태어난 지 겨우 하루나 지났을까 싶은 병아리
네 마리가 준비되어 있었다.

우리는 예전의 기억을 재빨리 더듬었다. 병아리를 처음 봤을 때 리
틀타이크가 어떤 행동을 했지? 타이크가 누워 있는 풀밭에서 암탉과
병아리들이 놀았던 적이 있었다. 그때 우리가 다가가 리틀타이크를
살피니 타이크가 굉장히 이상한 얼굴을 하고 우리를 올려다봤다. 입
술을 꽉 다물기는 했는데 턱은 어정쩡하게 벌린 이상한 얼굴이었다.

"타이크, 너 입에 뭐 문 거야? 입 속에 뭐야?"

그때 리틀타이크의 죄책감으로 범벅이 된 난감한 얼굴이라니! 우
리가 놀라서 뭐라고 하자 순간 타이크의 입이 열리면서 조그마한 병
아리가 튀어 나왔다. 좀 전까지 풀밭에서 종종거리던 그 병아리였다.
타이크에게서 풀려난 병아리는 조그마한 날개를 파닥거리며 어미 닭

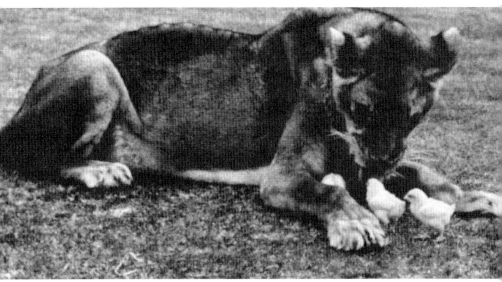

갓 태어난 병아리를 핥아 주는 리틀타이크

을 향해 쏜살같이 달려갔다.

타이크는 병아리가 입 속으로 뛰어들자 큰 혀로 한 번 '살짝' 핥는다는 게 이도저도 아닌 어정쩡한 상황이 되어 버렸던 것이다. 나름대로 예뻐해 주려는 리틀타이크의 행동이었는데……. 그때를 생각하니 과연 타이크가 병아리와 촬영을 잘할 수 있을지 걱정이 되었다.

연출자의 설명에 따르면 리틀타이크가 병아리가 놀고 있는 곳으로 걸어간 다음 15초쯤 망설이다가 병아리를 떠나면 된다는 것이었다. 과연 연출자가 리틀타이크가 사자라는 걸 알고 하는 말인지 어처구니가 없었다.

"리틀타이크는 클라크 게이블이 아닙니다. 연기자가 아니라 동물입니다. 사자라고요. 그것도 살면서 단 한 번밖에 병아리를 보지 못한 사자에게 그렇게 무리한 지시를 하면 어떡합니까?"

"그래서 할 수 없다는 겁니까?"

우리의 항의에 연출자는 짜증스럽게 응대했다. 어차피 촬영을 하기로 승낙했으니 더 이상 할 말이 없었다. 우리는 타이크에게 "너도 지금 저 사람 말 들었지? 해도 너무 하는군." 하고 속삭이는 걸로 분을 삭혀야 했다.

그런데 카메라가 돌아가자 깜짝 놀랄 일이 벌어졌다. 리틀타이크는 우아하게 병아리 쪽으로 다가가 잠시 망설이는 모습을 보이더니 혀끝으로 부드럽게 병아리 모두를 핥았다. 그리고 15초가량 흘렀을까, 타이크는 귀찮다는 듯 하품을 하며 일어나 카메라 화면 밖으로 사라졌다.

준비된 촬영이 끝나자 리틀타이크는 돌아와 병아리들 옆에 다시 누웠다. 그러자 병아리들은 누워 있는 사자의 부드러운 품 속을 들락거리며 놀기 시작했다. 특히 두 녀석은 타이크의 품이 보금자리라도 되는 양 그 안에 몸을 묻고 나올 줄을 몰랐다. 연기를 끝낸 리틀타이크가 휴식을 취하는 그 모습이 그렇게 평화로울 수 없었다.

새끼 고양이가 말을 알아들은 걸까?

병아리가 퇴장하자 이번에는 회색 페르시안 새끼 고양이였다.

"리틀타이크가 누워 있으면 고양이가 걸어 와서 타이크 몸을 기어 오르는 거예요. 타이크 몸 위에서 놀던 고양이가 마지막에 몸을 동그 랗게 말고 사자의 양발 사이에서 잠이 들면 끝입니다."

나와 마거릿은 우리의 귀를 의심했다. 과연 이 사람이 정신이 있는 사람인지 의심이 될 정도였지만 될 대로 돼라는 심정으로 고양이를 쓰다듬으며 조용조용 촬영 내용을 설명해 줬다.

감독의 큐 사인이 떨어지고 우리는 고양이를 조용히 내려놓았다. 그런데 고양이가 허공에 꼬리를 곧추세우고는 우아하게 리틀타이크 가 누워 있는 곳으로 곧장 가는 게 아닌가! 새끼 고양이는 사자의 발 바닥 냄새를 확인하고는 타이크의 쭉 뻗은 앞다리에 기어올라 사자 의 커다란 턱을 이리저리 살피고 있었다.

리틀타이크의 품성 자체가 다른 동물들의 두려움을 누그러뜨린 다고밖에 설명할 수 없는 풍경이었다. 타이크는 새끼 고양이를 품에 더 가까이 안으려는 듯 발을 가슴 쪽으로 끌어당겼다. 물론 해치려 는 게 아니라 품에 안고 싶어서였다. 촬영 스태프들은 놀란 표정으 로 서 있는 것 외에 아무것도 할 수 없었고 덕분에 고양이와의 촬영 도 무사히 마쳤다.

다음은 양이었다. 그런데 잘 나가던 촬영이 여기서 문제가 발생했 다. 리틀타이크가 풀밭에서 놀고 있는 양의 냄새를 맡아보고는 싫다 는 듯 코를 찌푸리며 자리를 떠났다. 냄새에 민감한 리틀타이크가 양

"이제 이 장면만 찍으면 끝나는 건가요?"

에게서 뭔가 이상한 냄새를 맡은 것 같았다. 게다가 태어난 지 몇 주 안 돼 보이는 새끼 양들도 계속 어미를 찾으며 울어댔다. 새끼 양들에게 젖병을 물려 보았지만 다 거부하고 어미만 찾으니 빨리 촬영을 끝내지 않으면 이번 장면은 포기해야 할 판이었다.

그때 리틀타이크를 잘 아는 아내 마거릿이 제안을 했다.

"타이크가 좋아하는 냄새를 양에게 뿌려 주면 되잖아요. 여기 내

향수를 뿌려 줘요."

나는 마거릿이 건넨 향수를 새끼 양들의 털에 쓱쓱 문질렀고, 신기하게도 이 속임수는 멋지게 성공했다. 이번에도 우리는 원하는 장면을 성공적으로 찍을 수 있었다.

사자에게 수레를 끌라고?

마지막으로 가장 어려운 장면이 남아 있었다. 리틀타이크가 제작자의 7살짜리 딸이 탄 수레를 끄는 장면이었다. 그런데 문제는 타이크가 아니라 꼬마였다. 꼬마의 장난꾸러기 오빠가 몇 주 전부터 동생에게 겁을 준 것이다.

"사자가 갑자기 확 덤비면서 너를 한 입에 꿀꺽 할걸? 사자한테 그건 일도 아니지. 그 순간 너는 끝장이야!"

아이는 촬영장에 도착할 때부터 얼굴이 굳어 있었고 꼬마 아가씨를 달래느라 시간이 한참 흘러갔다. 하지만 리틀타이크가 새끼 양이랑 친하게 지내는 모습을 보더니 마음을 열기 시작한 꼬마 아가씨는 금세 타이크와 친해져 풀밭에서 뒹굴며 놀기 시작했다.

촬영에 들어가려는 찰나 또 문제가 생겼다. 아이가 탄 수레와 리틀타이크가 걸고 있는 목줄을 연결할 연결 고리가 없었던 것이다. 사자가 끄는 수레를 급조해서 만들다 보니 발생한 문제였다. 나와 스태프들은 정신없이 움직이며 즉석에서 연결 고리를 만들어 내려고 애썼다.

나는 연결 고리를 만들며 계속 리틀타이크의 상태를 체크했다. 촬영이 길어지면서 점점 힘들어하는 리틀타이크의 모습이 보였지만 어쩔 수 없었다. 무슨 일이 있어도 오늘 안에 이곳 촬영을 마쳐야 일정을 맞출 수 있었다. 리틀타이크를 위해서라도 최대한 빨리 촬영을 끝내야 했다.

우리가 촬영 준비를 하는 동안 리틀타이크는 그늘에 가서 쉴 수도 없고 앉거나 누울 수조차 없었다. 그랬다가는 수레에 간신히 붙여둔 연결 고리가 부서질 수 있었기 때문이다. 시원한 워싱턴 주에서 느긋하게 살던 사자에게 캘리포니아의 뜨거운 태양 아래 꼼짝하지 말고 계속 서 있으라는 건 거의 고문에 가까웠다.

"촬영 기사 양반, 타이크가 힘들어해요. 빨리빨리 시작하자고요."

재촉해 봤지만 그들도 땀을 뻘뻘 흘리며 애쓰고 있다는 걸 우리도 알고 있었다. 우리가 애타 하는 것을 알았는지 리틀타이크는 티 내지 않고 참을성 있게 서 있었다. 우리는 아프리카사자가 그토록 참을성 있게 한 자리에 오래 서 있을 수 있다는 사실이 신기하기도 하고 고마웠다.

리틀타이크, 아프니?

마침내 카메라맨이 촬영 준비가 다 되었다는 사인을 보냈다. 나는 얼른 꼬마를 수레에 태우고 큐 사인이 떨어지기를 기다렸다. 하지만 이번에는 또 다른 심각한 문제가 터졌다. 카메라맨이 소리쳤다.

"위치를 수정해야 할 것 같아요. 지금 그 위치에서는 앵글이 나오질 않아요. 저쪽 내리막길이 좋겠어요."

이건 또 무슨 일인가? 카메라 앵글 때문에 위치를 바꾸고 보니 타이크는 내리막길에서 수레를 끌어야 하는 꼴이 되고 말았다. 하지만 그랬다가는 걸음을 옮길 때마다 수레가 타이크의 엉덩이에 부딪쳐 상처를 입힐 게 뻔했다. 우리는 수레를 뒤쪽으로 당길 끈을 연결하느라 또 시간을 보냈다.

그런데 가까스로 이 문제를 해결하고도 문제는 줄줄이 터졌다. 카메라맨이 와이드 렌즈를 챙기는 걸 깜빡 잊어서 기다려야 했고, 촬영 중 난데없이 큰 개가 나타나는 바람에 타이크가 몸을 획 돌려 개를 쫓다가 타이크와 수레를 연결한 나무 막대기가 부러지기도 했다. 정말 당장 때려 치고 싶을 정도로 고단한 촬영이었다.

이제 타이크는 처음의 열정과 호기심을 잃어가고 있었다. 그저 묵묵히 콘티에 따라 걷고 있을 뿐이었다. 타이크는 피곤한 기색이 역력했다. 수레 장면 전까지는 그래도 촬영 사이사이 아름다운 꽃 향기를 맡으며 풀밭을 걷거나 나무 그늘에 누워서 쉬기도 했는데, 이번에는 그러지도 못했다.

게다가 날씨는 끔찍하게 더웠다. 워싱턴 주의 서늘한 기후에서 자란 타이크에게 이 더위는 살인적이었다. 나와 마거릿은 타이크를 좀 더 쉴 수 있게 해 주려고 노력했지만 짧은 '고양이잠'으로는 기력을 충분히 회복할 수 없었다. 사자를 비롯한 고양잇과 동물들은 누워 지내는 시간이 많고 잠도 많이 자야 하는데 하루 종일 쉬지 못하고 있으니 병이 날까 봐 염려스러웠다.

결국 8시간의 살인적인 촬영은 끝이 났다. 촬영 시간이 길어질수록 제작비가 엄청나게 늘기 때문에 바쁘게 촬영을 진행한 스태프들도 끝나고 난 후 미안한 마음을 전했다. 최소 2~3일은 걸릴 분량을 8시간 만에 다 끝내다니 기적이라고 했다.

하지만 그게 문제가 아니었다. 마지막 장면을 찍는 동안 타이크는 평소처럼 행동하지 못했다. 뭔가 몸에 문제가 생긴 게 분명했다. 타이크의 코와 발바닥이 이상하리만치 따뜻해진 걸 알아차린 우리는 어서 빨리 이곳에서의 일정을 마치고 집으로 돌아갈 수 있기를 바랐다.

해피엔딩으로 끝난 리틀타이크 방송

촬영 후 근처 여동생 집으로 돌아왔다. 그날 밤 내내 타이크의 코에서는 콧물이 흘러내렸다. 병이 난 게 틀림없었다. 우리는 밤새 콧물을 닦아 주며 리틀타이크를 돌봤다. 마음 같아서는 바로 집으로 돌아가고 싶었지만 촬영한 영상을 TV로 상영하는 날, 우리 부부와 리틀타이크가 생방송으로 스튜디오에 가서 촬영을 해야 했기 때문에 2주간 동생 집에 머무를 수밖에 없었다. 오가는 데 이틀씩 걸리는 히든밸리 목장까지 다녀오는 게 리틀타이크에게 더 무리일 것 같았다. 우리는 동생네 집에서 최대한 타이크가 휴식을 취하며 지낼 수 있도록 돌보기로 했다.

하지만 그 사이에도 쉬기가 쉽지 않았다. 수천 명의 사람들이 우리가 머문 곳을 수소문해 타이크를 보러 가도 되는지 문의했고, 리틀타이크가 쉬어야 하기 때문에 안 된다고 부탁해도 무턱대고 담을 넘어 집으로 쳐들어오는 사람들이 많았다. 결과적으로 리틀타이크가 충분히 쉬면서 건강을 회복할 기회를 놓친 셈이었다.

생방송으로 TV에 출연하는 날, 방송 시작 6시간 전에 도착해 달라는 연락을 받고 우리는 집을 나섰다. 한여름의 캘리포니아는 견디기 힘들 정도로 더웠는데 스튜디오의 무대 조명은 태양보다 더 뜨거웠다. 리허설이 끝날 때마다 우리는 타이크가 쉴 만한 곳을 찾아 헤맸지만 우리가 가는 곳마다 타이크를 보고 싶어 하는 사람들이 몰려들었다.

생방송 시간이 가까워졌지만 타이크는 무대로 나가기에는 아직 너무나 몸이 뜨거운 상태였다. 감독은 우리에게 제 시간에만 등장하면 괜찮으니 어디 가서 좀 쉬었다 오라고 배려해 주었다. 생방송이라 많은 리허설이 필요할 거라고 하더니만 리틀타이크는 그 짧은 시간 동안에 스태프들에게도 신뢰를 심어 놓은 모양이었다.

프로그램의 이름은 〈리틀타이크의 삶〉이었다. 마침내 큐 사인이 떨어지고 리틀타이크는 당당한 걸음걸이로 큰 방송용 카메라와 각종 방송 기기, 전선을 헤치고 무대로 걸어가 우리 부부 사이에 자리를 잡고 앉았다.

리틀타이크는 촬영 중간중간 마거릿에게 아파서 쉬고 싶다는 의사를 전달했지만 촬영 중이라 그럴만한 상황이 아니었다. 이런 견디기 힘든 상황 속에서도 리틀타이크는 노련한 배우처럼 자신의 역할을 훌륭히 해냈다.·

리틀타이크가 아주 멋지게 이끌어 가고 있는 생방송 프로그램이 끝나갈 무렵 방송국 최고 책임자가 오더니 방송국의 모든 제작자와 스태프, 관중들을 스튜디오로 불러서 이 모습을 보여 주자고 했고, 우리는 그들과 일일이 악수를 나누며 방송을 마쳤다. 아마도 그 사람들에게는 눈으로 직접 보면서 리틀타이크가 가짜가 아닌 진짜라는 확신이 필요했던 모양이다.

안녕!
리틀타이크

회복이 너무 느리다

우리는 프로그램이 끝나자마자 집을 향해 달렸다. 몸 상태가 좋지 않은 리틀타이크에게 가장 좋은 약은 익숙한 집으로 가는 것뿐이라고 생각했다. 방송국을 나서자마자 리틀타이크를 차에 태운 우리는 2,000킬로미터나 떨어진 워싱턴 주로 향했다. 나는 쉬지 않고 운전했다. 기름을 넣고 먹을 것을 살 때를 제외하고는 계속 차를 몰았다. 마침내 26시간 후 우리는 히든밸리 목장에 도착했다. 목장이 보이자 나와 마거릿의 입에서는 저절로 안도의 한숨이 터져 나왔다.

집에 온 후 타이크는 차츰 기력을 회복했고 먹는 것도 나아졌다. 하지만 여전히 코에서는 맑은 콧물이 흘러내리고 있었다. 리틀타이크는 콧물이 흘러내릴 때마다 어린아이처럼 마거릿에게 얼굴을 내밀며 콧물을 닦아 달라고 졸랐다. 마거릿도 언제나 깨끗한 휴지를 갖고 다니면서 리틀타이크의 옆에 꼭 붙어서 콧물이 흘러내릴 때마다 정성껏 닦아 주었다.

〈리틀타이크의 삶〉이 상영되고 난 후 타이크를 만나고 싶다는 수많은 초청이 들어왔다. 그 이전과는 비교할 수 없을 정도로 많아진 초청에 우리는 TV의 위력을 실감했다. 하지만 우리는 리틀타이크가 완전한 휴식이 필요하다고 생각해 모든 초청을 거절했다.

그럼에도 불구하고 리틀타이크의 회복이 너무 느렸다. 그전까지는 몸에 좀 이상이 있어도 조금 쉬면 곧 기력을 회복했었다. 리틀타이크에게는 히든밸리 목장을 자유롭게 산책하고 낮잠을 자는 것이 가장 강력한 기력 회복제였으니까. 하지만 이번에는 달랐다. 캘리포니아에 다녀오면서 급격히 줄어든 체중은 집에 도착한 지 두 주가 지나도록 회복되지 않았다. 리틀타이크의 눈에 띄게 줄었던 체중은 목장에 온 지 3주가 지난 후에야 겨우 제 몸무게를 찾을 정도였다.

긴 여행의 여운이 남은 것인지 그 이후로 리틀타이크는 드라이브를 하고 싶을 때면 차의 경적을 울려댔다. 운전대에 턱을 올려서 힘을 주면 경적이 울린다는 걸 터득한 것이다. 경적이 울릴 때마다 타이크는 자기가 눌러 놓고도 깜짝 놀라면서 성취감 때문인지 진심으로 기분 좋을 때만 내는 소리를 내곤 했다. 하지만 우리는 겨우 나아가는 몸이 또 피로해질까 봐 가까운 거리만 드라이브를 시켜 주었다.

얼마 후 할리우드의 스튜디오로부터 기쁜 소식이 전해졌다. 리틀

타이크가 출연했던 프로그램이 그해 최고 방송상을 수상했다는 소식이었다. 또 방송 이후 많은 편지가 도착했으니 보내 주겠다고 했다. 보내 준 편지 중에 뉴욕에 살고 있는 영커스라는 사람의 편지가 기억에 남는다.

"……사자와 양이 함께 있는 장면은 제게 최고의 행복을 안겨 주었습니다. 제 생각에는 리틀타이크를 세계 지도자들 모임에 보내면 어떨까요? 그것이야말로 세계에 평화를 호소하는 가장 강력한 수단이 될 것입니다……."

안녕, 리틀타이크

7월의 어느 날 저녁, 리틀타이크는 난로 옆 텔레비전 앞을 떠나 자신의 방으로 들어갔다. 9시 30분경이었다. 그리고 다음 날 아침 타이크를 깨우러 들어간 나는 고통으로 신음하는 타이크를 발견했다. 타이크는 침대에서 일어나지도 못했다. 나는 마거릿에게 빨리 수의사를 부르라고 소리쳤다.

내 목소리가 들리자 리틀타이크는 안간힘을 쓰며 침대 밖으로 기어 나왔다. 간신히 기어 나온 리틀타이크는 집을 나가 목장의 풀밭으로 향했다. 그러더니 이내 푹 쓰러지고 말았다. 나는 타이크가 자신이 죽을 때가 임박했음을 알고 있다는 걸 느낄 수 있었다. 리틀타이크는 자신이 세상에서 가장 신뢰했던 우리 부부가 마지막 순간을 지켜주길 원하고 있었다. 나와 마거릿은 리틀타이크에게로 가서 녀석을 품에 안았다.

우리를 바라보는 리틀타이크의 눈빛은 부드러웠지만 힘겨워하고 있었다. 순간적으로 커졌던 동공이 점차 작아졌다. 타이크는 나와 마거릿만 알아듣는 부드럽고 구슬픈 울음소리를 내면서 죽어 갔다. 타이크가 얕은 숨을 내쉬며 깊은 잠 속으로 들어가는 순간 수의사의 자동차가 빠른 속도로 목장으로 들어서는 소리가 들렸지만 이미 소용없는 일이었다.

그렇게 리틀타이크는 갔다. 리틀타이크는 자신이 그렇게 사랑했던 히든밸리 목장에서 가장 신뢰했던 우리 부부의 품 안에서 평화롭게 숨을 거뒀다. 우리는 리틀타이크가 우리 곁을 떠났다는 걸 믿을 수 없었다. 고개만 돌리면 저쪽 풀밭에서 리틀타이크가 달려와 품에 안겨 어리광을 부릴 것 같았다.

"리틀타이크, 산책 가자."

이렇게 말하면 벌떡 일어나 여느 때처럼 다른 동물들과 줄줄이 줄을 서서 산책을 따라나설 것 같았다. 리틀타이크가 없는 히든밸리 목장은 상상도 하기 싫었다.

리틀타이크의 사인은 바이러스성 폐렴이었다. 캘리포니아에서 감염된 감기를 떨쳐내기에는 리틀타이크의 체력이 너무 떨어져 있었던 것이다. 리틀타이크에게 캘리포니아 태양은 너무 뜨거웠고 무리한 촬영을 했던 게 문제였다.

우리는 스스로를 원망했다. 그런 촬영 따위 하지 않았다면 리틀타이크는 아직도 우리 곁에 있을 터였다. 모든 게 다 우리 잘못 같았다. 리틀타이크가 9년 동안 살았으니 사자의 평균 수명을 다했다고, 야생에서도 그 정도 살면 장수한 것이라고 말하는 사람도 있었지만 우리 부부는 리틀타이크를 보낼 준비가 전혀 되어 있지 않은 상태였다. 사랑스러운 사자 리틀타이크와의 작별은 그렇게 너무나 갑작스럽게 우리에게 닥쳤다.

리틀타이크가 떠나던 날 우리 부부는 리틀타이크가 그토록 좋아했던 히든밸리 목장의 풀밭에 앉아 하염없이 리틀타이크를 쓰다듬고 또 쓰다듬었다. 안녕, 리틀타이크, 사랑스럽고 아름다웠던 우리들의 사자, 우리들의 아가, 리틀타이크, 이제 그만, 안녕.

리틀타이크는
떠났지만……

특별한 사자와의 9년간의 동거

리틀타이크의 삶은 끝났다.

하지만 리틀타이크는 자신의 삶을 통해 진정으로 사랑하고 사랑받는 것이 어떤 것인지 우리에게 9년 동안 끊임없이 보여 주었다. 우리 부부와 친구들, 목장의 동물들은 사자를 가족처럼 사랑했고, 사자는 자신이 받은 사랑을 고스란히 우리에게 되돌려 주었다. 타이크는 우리가 베푼 사랑과 관심을 고스란히 우리에게 되돌려 주었던 것이다.

리틀타이크가 살아 있는 동안 우리를 방문했던 많은 사람 중에는 아프리카에서 몇 년을 보내고 돌아온 선교사 두 명도 있었다. 그 둘은 타이크와 뒤엉켜 풀밭에서 한참을 놀았는데 타이크가 두 사람에게 덤비며 잡아먹을 듯 장난을 치는데도 전혀 두려워하지 않았던 드

문 사람들이었다. 그 둘도 그런 자신들의 모습을 보며 스스로 신기해
하며 즐거워했다.

그날 밤 이 선교사들은 교회에서 리틀타이크와 시간을 보내며 깨
달은 진리를 사람들에게 '완벽한 사랑은 두려움을 물리치나니.'라는
주제로 설교를 했다고 했다. 우리는 이 구절 위에 우리의 철학 한 마
디를 덧붙이고 싶다. '두려움 없는 곳에 살육도 존재할 수 없다.'라고.

이런 작은 일들은 우리가 리틀타이크라는 탁월한 사자와 살았던
9년을 되돌아볼 때 마음에 떠오르는 수많은 사건의 일부일 뿐이다.

타이크는 죽었지만, 우리 가족이 이 고귀하고 특별한 동물과 각별
한 친분을 나누고 그 사랑을 아낌없이 받는 특권을 누렸다는 사실을
상기하면서 위로를 삼는다.

너는 내 맘 속의 꿈이었어!

리틀타이크가 떠난 후 세계 각지에서 밀려드는 수천 통의 애도 편
지와 카드도 우리에게는 위안이 되었다. 우리 부부는 세계 각지의 사
람들이 정성스레 보낸 편지에 답장을 쓰면서 리틀타이크와의 즐거웠
던 시간들을 다시 추억하곤 했다.

특히 사자와 살아 본 경험이 있는 사람들의 편지가 눈에 띄었다.
우리는 사자와 살았던 사람이 많은 것에 또 한 번 놀랐다. 아프리카
요하네스버그 근처 다이아몬드 광산에서 일하는 영국인은 한 쌍의

사자와 살았는데 사자가 자라면서 동물원에 보낼 수밖에 없었다고 했다. 미국 일리노이 주에서 편지를 보낸 여성도 사자와 살았는데 그 새끼 사자는 고기를 먹었는데도 일찍 죽었다고 했다. 캘리포니아에 사는 여성도 암사자를 키웠는데 역시 3살에 세상을 떴다고 했다. 채식한 리틀타이크도 9년을 살았는데 고기를 먹은 사자들이 일찍 세상을 떴다는 편지는 우리를 어리둥절하게 했다.

우리는 이 사람들의 심정을 이해하고 함께 공감했다. 리틀타이크와 살아 본 경험에 따르면 사자는 서서히 사람의 마음 속에 들어와 가족의 일부가 되는 특별한 동물이었다. 그 사자들도 리틀타이크만큼 인간을 신뢰하고 인간의 일부가 되어 살다 갔으리라.

그중에는 변호사의 편지도 있었다. 그는 사무실 벽에 리틀타이크와 양이 함께 있는 큰 사진을 걸어 두고 이혼 소송을 원하는 부부가 올 때마다 이 사진을 보여 준다고 했다. 다른 종끼리도 이렇게 행복하게 서로의 애정을 나누며 사는데 왜 이혼을 하느냐고. 변호사는 이 사진이 완벽한 사랑과 조화의 상징으로 꽤 효과가 좋다고 기쁘게 말했다.

수천 통의 편지 중 유독 기억에 남는 편지도 있다. 한 할머니가 보낸 편지로 7년 전에 리틀타이크를 만난 후 리틀타이크에게 썼다가 부치지 못한 편지를 동봉해서 보낸 것이었다.

……리틀타이크는 죽었지만 타이크가 우리에게 보여 준 따뜻

함과 큰 친절함은 우리 마음 속에 계속 살아 숨쉴 것입니다. 타이크는 자신의 삶을 통해 믿음과 사랑이 무엇인지 우리에게 보여 주었으니까요. 타이크를 개인적으로 만날 수 있는 기회를 만들어 주신 점 다시 한 번 감사드립니다. 여기에 제가 7년 전에 리틀타이크를 만난 후 타이크에게 썼던 편지를 함께 보냅니다.

사랑하는 리틀타이크에게!

아주 오래 전, 50년쯤 전에, 한 소녀는 오하이오에 있는 낡은 갈색 벽돌집 마루에 앉아 손에 사자 머리가 그려진 쿠폰을 쥐고 이야기를 하고 있었단다. 한 커피 회사의 트레이드 마크였던 그 쿠폰은 여러 개를 모아 오면 크리스마스 경품을 탈 수 있었기 때문에 엄마가 꼼꼼히 모으고 있던 것이었어. 하지만 소녀는 엄마를 졸라서 쿠폰 중 하나를 힘들게 얻어냈지. 그 소녀가 바로 나란다.

당시 나의 마음을 사로잡은 건 쿠폰 속 갈기털이 무성한 사자의 얼굴과 신비하면서도 상냥한 사자의 눈이었어. 나는 쿠폰 속 사자에게 항상 말을 했단다. "나는 네가 좋아. 언젠가 너와 꼭 함께 살아보고 싶어."라고 말이야.

나의 가족은 1902년에 오하이오 집을 떠나 멀리 이사를 가게 되었어. 그때 내 나이 열 살이었지. 우리 가족은 거칠고 넓은 대초원에서 개척자의 삶을 살았단다. 모든 게 낯설고 무서웠어. 날마다 열심히 일하고 생활하는 와중에도 나는 어릴 적 꿈을 그대로 간직했지. 사람들은 "쟤는 입만 열면 사자를 기르고 싶대."라고 놀려댔지만 말이야.

고맙구나, 리틀타이크. 내 평생의 소원을 네가 이뤄 준 거란다. 할머니가 될 때까지 50년 이상 간직했던 꿈이었어. 네가 있어 쥐서 얼마나 고맙고 또 고마운지 모르겠구나. 그리고 너를 그토록 잘 길러준 사람들에게도 정말로 감사한다고 말하고 싶다. 그분들 덕분에 동물을 사랑하는 사람들에 대한 사람들의 시선이 많이 바뀌었구나.

내 손에 느껴지던 네 따뜻한 혀의 감촉과 너와 함께 사진 찍을 때의 기억을 절대 잊지 않을 거야. 그때 너는 네 몸무게만큼 평생의 내 꿈을 완벽하게 채워 주었어. 34킬로그램의 너를 번쩍 들어 본 경험은 여전히 뿌듯하고 자랑스럽단다.

리틀타이크야, 내게는 또 다른 꿈이 생겼단다. 오래되지는 않았지만 꽤 진지한 소망이라고 할 수 있어. 언젠가 인간의 마음속에 사자가 양과 함께 평화롭게 누워 있는 날이 왔으면 좋겠다는 소망이야. 두려움이 없는 곳이겠지? 네가 우리에게 증명해 주었잖아. 사실 우리 인간들에게 필요한 것은 서로를 믿고 이해하는 것뿐인데 그게 왜 그리 어려운지. 네가 네 주인을 믿고 그들이 너를 이해했던 것처럼만 하면 되는데 말이야. 그지?

다시 한 번 고맙구나. 리틀타이크! 짧은 순간이나마 '내 어린 시절 꿈에 그리던 사자'였어, 너는.

리틀타이크가 죽자 타이크가 출연했던 TV 프로그램의 진행자였던 아트 베이커 씨가 한 잡지에 타이크를 기리는 글을 기고하기도 했다.

"⋯⋯이번 잡지의 한 코너인 〈온순한 사자의 슬픈 이야기〉 속에 소개된 리틀타이크의 사진들은 특별했던 동물에게 바치는 멋진 헌사입니다. 저는 할리우드에서 리틀타이크와 함께 3주를 보낸 경험이 있습니다. TV 프로그램인 〈꼭 한 번 만나고 싶다(you asked for it)〉 출연 직전이었죠. 여러분들도 아시다시피 〈꼭 한 번 만나고 싶다〉는 타이크의 방송 데뷔작이자 타이크가 유일하게 출연한 생방송이었습니다. 그해 타이크의 TV 출연이 엄청난 대중의 반응을 이끌어 냈던 기억이 나네요. 리틀타이크는 그해 최고 방송인으로 꼽히기도 했고요. 실제로도 리틀타이크는 최고의 출연자였습니다."

리틀타이크가 떠난 지 꽤 많은 시간이 지났다. 하지만 아직도 몇몇 사람들은 우리처럼 리틀타이크를 기억하고 있나 보다. 작은 묘비가 세워진 리틀타이크 무덤 앞에 가끔씩 타이크를 기억하는 누군가가 꽃을 가져다 두는 걸 보면.

리틀타이크는 떠났지만⋯⋯

리틀타이크가 우리 곁을 떠난 지 한참 지난 후에 우리는 시애틀 장애 어린이병원으로부터 기부금에 대한 감사의 편지를 받았다. 리틀

228

타이크가 태어나자마자 어미에게 물려 크게 다친 이후 우리는 리틀타이크처럼 치료가 필요한 어린아이들이 건강하고 씩씩하게 자라길 바라는 마음에서 병원에 기부를 하곤 했다. 그리고 우리는 리틀타이크가 죽은 후에도 사람들이 보내 준 추도금 전액을 병원에 전달했던 터였다.

아이들이 사랑하는 리틀타이크를 생각하면서 썼다며 시를 보내왔다. 그중 짧은 시 한 편이 우리의 마음과 같았기에 그 시를 소개하며 타이크에 관한 글을 끝내려 한다.

저녁 기도를 드리는 경건한 시간
아이가 속삭였다.
엄마, 사자에게도 천국이 있으면 좋겠어요.
리틀타이크는 그곳에 살거든요.

대단한 돼지 에스더
(환경부 선정 우수환경도서, 학교도서관저널 추천도서)

인간과 동물 사이의 사랑이 얼마나 많은 것을 변화시킬 수 있는지 알려주는 놀라운 이야기. 300킬로그램의 돼지 덕분에 파티를 좋아하던 두 남자가 채식을 하고, 동물보호 활동가가 되는 놀랍고도 행복한 이야기.

묻다
(환경부 선정 우수환경도서, 환경정의 올해의 환경책)

구제역, 조류독감으로 거의 매년 동물의 살처분이 이뤄진다. 저자는 4,800곳의 매몰지 중 100여 곳을 수년에 걸쳐 찾아다니며 기록한 유일한 사람이다. 그가 우리에게 묻는다. 우리는 동물을 죽일 권한이 있는가.

수술 실습견 쿵쿵따
수술 경험이 필요한 수의사들을 위해 수술대에 올랐던 개 쿵쿵따. 8년을 수술 실습견으로, 10년을 행복한 반려견으로 산 이야기.

장애견 모리
21살의 수의대생이 다리 셋인 장애견을 입양한 후 약자에 배려없는 세상을 마주한다.

실험 쥐 구름과 별
동물실험 후 안락사 직전의 실험 쥐 20마리가 구조되었다. 일반인에게 입양된 후 평범하고 행복한 시간을 보낸 그들의 삶을 기록했다.

황금 털 늑대
공장에 가두고 황금빛 털을 빼앗는 인간의 탐욕에 맞서 늑대들이 마침내 해방을 향해 달려간다. 생명을 숫자가 아니라 이름으로 부르라는 소중함을 알려주는 그림책.

다정한 사신
일러스트레이터 제니 진야가 고통받은 동물들을 새로운 삶의 공간으로 안내하는 위로의 그래픽 노블.

적색목록
끝없이 멸종위기종으로 태어나 인간에게 죽임을 당하는 농불들을 그린 그래픽 노블. 인간은 홀로 살아남을 것인가?

동물에 대한 예의가 필요해
일러스트레이터인 저자가 지금 동물들이 어떤 고통을 받고 있는지, 우리는 그들과 어떤 관계를 맺어야 하는지 그림을 통해 이야기한다. 냅킨에 쓱쓱 그린 그림을 통해 동물들의 목소리를 들을 수 있다.

동물을 위해 책을 읽습니다
(국립중앙도서관 사서 추천 도서, 한국출판문화산업진흥원 출판 콘텐츠 창작자금지원사업 선정)

우리는 동물이 인간을 위해 사용되기 위해서만 존재하는 것처럼 살고 있다. 우리가 사랑하고, 입고, 먹고, 즐기는 동물과 어떤 관계를 맺어야 할까? 100여 편의 책 속에서 길을 찾는다.

동물을 만나고 좋은 사람이 되었다
(한국출판문화산업진흥원 출판 콘텐츠 창작자금지원사업 선정)

개, 고양이와 살게 되면서 반려인은 동물의 눈으로, 약자의 눈으로 세상을 보는 법을 배운다. 동물을 통해서 알게 된 세상 덕분에 조금 불편해졌지만 더 좋은 사람이 되어 가는 개·고양이에 포섭된 인간의 성장기.

고통받은 동물들의 평생 안식처 동물보호구역
(환경부 선정 우수환경도서, 환경정의 올해의 어린이 환경책, 한국어린이교육문화연구원 으뜸책)

고통받다가 구조되었지만 오갈 데 없었던 야생동물의 평생 보금자리. 저자와 함께 전 세계 동물보호구역을 다니면서 행복하게 살고 있는 동물을 만난다.

우주식당에서 만나
(한국어린이교육문화연구원 으뜸책)

2010년 볼로냐 어린이도서전에서 올해의 일러스트레이터로 선정되었던 신현아 작가가 반려동물과 함께 사는 이야기를 네 편의 작품으로 묶었다.

개.똥.승.

(세종도서 문학나눔 도서)

어린이집의 교사이면서 백구 세 마리와 사는 스님이 지구에서 다른 생명체와 더불어 좋은 삶을 사는 방법, 모든 생명이 똑같이 소중하다는 진리를 유쾌하게 들려준다.

동물과 이야기하는 여자

SBS <TV 동물농장>에 출연해 화제가 되었던 애니멀 커뮤니케이터 리디아 히비가 20년간 동물들과 나눈 감동의 이야기. 병으로 고통받는 개, 안락사를 원하는 고양이 등과 대화를 통해 문제를 해결한다.

암 전문 수의사는 어떻게 암을 이겼나

암에 걸린 암 수술 전문 수의사가 동물 환자들을 통해 배운 질병과 삶의 기쁨에 관한 이야기가 유쾌하고 따뜻하게 펼쳐진다.

노견은 영원히 산다

생애 최고의 마지막 나날을 보내고 있는 수많은 노견들의 모습을 퓰리처상을 수상한 세계적 작가들이 빼어난 글과 아름다운 사진으로 담아냈다.

강아지 천국

반려견과 이별한 이들을 위한 그림책. 들판을 뛰놀다가 맛있는 것을 먹고 잠들 수 있는 곳에서 행복하게 지내다가 천국의 문 앞에서 사람 가족이 오기를 기다리는 무지개다리 너머 반려견의 이야기.

펫로스 반려동물의 죽음

(아마존닷컴 올해의 책)

동물 호스피스 활동가 리타 레이놀즈가 들려주는 반려동물의 죽음과 무지개다리 너머의 이야기. 펫로스(pet loss)란 반려동물을 잃은 반려인의 깊은 슬픔을 말한다.

버려진 개들의 언덕

인간에 의해 버려져서 동네 언덕에서 살게 된 개들의 이야기. 새끼를 낳아 키우고, 사람들에게 학대를 당하고, 유기견 추격대에 쫓기면서도 치열하게 살아가는 생명들의 2년간의 관찰기.

개, 고양이 사료의 진실

미국에서 스테디셀러를 기록하고 있는 책으로 반려동물 사료에 대한 알려지지 않은 진실을 폭로한다. 2007년도 멜라민 사료 파동 취재까지 포함된 최신판이다.

개가 행복해지는 긍정교육

개의 심리와 행동학을 바탕으로 한 긍정교육법으로 50만 부 이상 판매된 반려인의 필독서. 짖기, 물기, 대소변 가리기, 분리불안 등의 문제를 평화롭게 해결한다.

개 피부병의 모든 것

홀리스틱 수의사인 저자는 상업사료의 열악한 영양과 과도한 약물사용을 피부병 증가의 원인으로 꼽는다. 제대로 된 피부병 예방법과 치료법을 제시한다.

우리 아이가 아파요! 개·고양이 필수 건강 백과

새로운 예방접종 스케줄부터 우리나라 사정에 맞는 나이대별 흔한 질병의 증상·예방·치료·관리법, 나이 든 개, 고양이 돌보기까지 반려동물을 건강하게 키울 수 있는 필수 건강백서.

개·고양이 자연주의 육아백과

세계적인 홀리스틱 수의사 피케른의 개와 고양이를 위한 자연주의 육아백과. 50만 부 이상 팔린 베스트셀러로 반려인, 수의사의 필독서. 최상의 식단, 올바른 생활습관, 암, 신장염, 피부병 등 각종 병에 대한 대처법도 자세히 수록되어 있다.

고양이 질병의 모든 것

40년간 3번의 개정판을 낸 고양이 질병 책의 바이블로 고양이가 건강할 때, 이상 증상을 보일 때, 아플 때 등 모든 순간에 곁에 두고 봐야 할 책이다. 질병의 예방과 관리, 증상과 징후, 치료법에 대한 모든 해답을 완벽하게 찾을 수 있다.

임신하면 왜 개, 고양이를 버릴까?
임신, 출산으로 반려동물을 버리는 나라는 한국이 유일하다. 세대 간 문화충돌, 무책임한 언론 등 임신, 육아로 반려동물을 버리는 사회현상에 대한 분석과 안전하게 임신, 육아 기간을 보내는 생활법을 소개한다.

사람을 돕는 개
(한국어린이교육문화연구원 으뜸책, 학교도서관저널 추천도서)

안내견, 청각장애인 도우미견 등 장애인을 돕는 도우미견과 인명구조견, 흰개미탐지견, 검역견 등 사람과 함께 맡은 역할을 해내는 특수견을 만나본다.

개에게 인간은 친구일까?
인간에 의해 버려지고 착취당하고 고통받는 우리가 몰랐던 개 이야기. 다양한 방법으로 개를 구조하고 보살피는 사람들의 이야기가 그려진다.

유기동물에 관한 슬픈 보고서
(환경부 선정 우수환경도서, 어린이도서연구회에서 뽑은 어린이·청소년 책, 한국간행물윤리위원회 좋은 책, 어린이문화진흥회 좋은 어린이책)

동물보호소에서 안락사를 기다리는 유기견, 유기묘의 모습을 사진으로 담았다. 인간에게 버려져 죽음을 당하는 그들의 모습을 통해 인간이 애써 외면하는 불편한 진실을 고발한다.

유기견 입양 교과서
유기견을 도우려는 사람을 위한 전문적인 정보·기술·지식을 담았다. 버려진 개의 마음 읽기, 개가 보내는 카밍 시그널과 몸짓언어, 유기견 맞춤 교육법, 입양 성공법 등이 담겼다.

순종 개, 품종 고양이가 좋아요?
사람들은 예쁘고 귀여운 외모의 품종 개, 고양이를 좋아하지만 많은 품종 동물이 질병에 시달리다가 일찍 죽는다. 동물복지 수의사가 반려동물과 함께 건강하게 사는 법을 알려준다.

용산 개 방실이
(어린이도서연구회에서 뽑은 어린이·청소년 책, 평화박물관 평화책)

용산에도 반려견을 키우며 일상을 살아가던 이웃이 살고 있었다. 용산 참사로 갑자기 아빠가 떠난 뒤 24일간 음식을 거부하고 스스로 아빠를 따라간 반려견 방실이 이야기.

치료견 치로리
(어린이문화진흥회 좋은 어린이책)

비 오는 날 쓰레기장에 잡종개 치로리. 죽음 직전 구조된 치로리는 치료견이 되어 전신마비 환자를 일으키고, 은둔형 외톨이 소년을 치료하는 등 기적을 일으킨다.

인간과 개, 고양이의 관계심리학
함께 살면 개, 고양이와 반려인은 닮을까? 동물학대는 인간학대로 이어질까? 248가지 심리실험을 통해 알아보는 인간과 동물이 서로에게 미치는 영향에 관한 심리 해설서.

후쿠시마에 남겨진 동물들
(미래창조과학부 선정 우수과학 도서, 환경부 선정 우수환경도서, 환경정의 청소년 환경책 권장도서)

2011년 3월 11일, 대지진에 이은 원전 폭발로 사람들이 떠난 일본 후쿠시마. 다큐멘터리 사진작가가 담은 '죽음의 땅'에 남겨진 동물들의 슬픈 기록.

고양이 그림일기
(한국출판문화산업진흥원 이달의 읽을 만한 책)

장군이와 흰둥이, 두 고양이와 그림 그리는 한 인간의 일 년 치 그림일기. 종이 다른 개체가 서로의 삶의 방법을 존중하며 사는 잔잔하고 소소한 이야기.

고양이 임보일기
《고양이 그림일기》의 이새벽 작가가 새끼 고양이 다섯 마리를 구조해서 입양 보내기까지의 시끌벅적한 임보 이야기를 그림으로 그려냈다.

고양이는 언제나 고양이였다
고양이를 사랑하는 나라 터키의, 고양이를 사랑하는 글 작가와 그림 작가가 고양이에게 보내는 러브레터. 고양이를 통해 세상을 보는 사람들을 위한 아름다운 고양이 그림책이다.

고양이 안전사고 예방 안내서
고양이는 여러 안전사고에 노출되며 이물질 섭취도 많다. 고양이의 생명을 위협하는 식품, 식물, 물건을 총정리했다.

고양이 천국
(어린이도서연구회에서 뽑은 어린이·청소년 책)
고양이와 이별한 이들을 위한 그림책. 실컷 놀고 먹고, 자고 싶은 곳에서 잘 수 있는 곳. 그러다가 함께 살던 가족이 그리울 때면 잠시 다녀가는 고양이 천국의 모습을 그려냈다.

나비가 없는 세상
(어린이도서연구회에서 뽑은 어린이·청소년 책)
고양이 만화가 김은희 작가가 그려내는 한국 최고의 고양이 만화. 신디, 페르캉, 추새. 개성 강한 세 마리 고양이와 만화가의 달콤쌉싸래한 동거 이야기.

후쿠시마의 고양이
(한국어린이교육문화연구원 으뜸책)
2011년 동일본 대지진 이후 5년. 사람이 사라진 후쿠시마에서 살처분 명령이 내려진 동물들을 죽이지 않고 돌보고 있는 사람과 함께 사는 두 고양이의 모습을 담은 평화롭지만 슬픈 사진집.

깃털, 떠난 고양이에게 쓰는 편지
프랑스 작가 클로드 앙스가리가 먼저 떠난 고양이에게 보내는 편지. 한 마리 고양이의 삶과 죽음, 상실과 부재의 고통, 동물의 영혼에 대해서 써 내려간다.

사향고양이의 눈물을 마시다
(한국출판산업진흥원 우수출판 콘텐츠 제작지원 선정, 환경부 선정 우수환경도서, 학교도서관저널 추천도서, 국립중앙도서관 사서가 추천하는 휴가철에 읽기 좋은 책, 환경정의 올해의 환경책)
내가 마신 커피 때문에 인도네시아 사향고양이가 고통받는다고? 나의 선택이 세계 동물에게 미치는 영향, 동물을 죽이는 것이 아니라 살리는 선택에 대해 알아본다.

동물들의 인간 심판
(대한출판문화협회 올해의 청소년 교양도서, 세종도서 교양 부문, 환경정의 청소년 환경책, 아침독서 청소년 추천도서, 학교도서관저널 추천도서)
동물을 학대하고, 학살하는 범죄를 저지른 인간이 동물 법정에 선다. 고양이, 돼지, 소 등은 인간의 범죄를 증언하고 개는 인간을 변호한다. 이 기묘한 재판의 결과는?

물범 사냥
(노르웨이국제문학협회 번역 지원 선정)
북극해로 떠나는 물범 사냥 어선에 감독관으로 승선한 마리는 낯선 남자들과 6주를 보내야 한다. 남성과 여성, 인간과 동물, 세상이 평등하다고 믿는 사람들에게 펼쳐 보이는 세상.

전쟁과 개 고양이 대학살
1939년, 영국에서 한 달 동안 40만 마리의 개, 고양이가 안락사됐다. 전쟁시 인간에게 반려동물이란 무엇일까?

동물은 전쟁에 어떻게 사용되나?
전쟁은 인간만의 고통일까? 자살폭탄 테러범이 된 개 등 고대부터 현대 최첨단 무기까지, 우리가 몰랐던 동물 착취의 역사.

인간과 동물, 유대와 배신의 탄생
(환경부 선정 우수환경도서)
미국 최대의 동물보호단체 휴메인소사이어티 대표가 쓴 21세기 동물해방의 새로운 지침서. 농장동물, 산업화된 반려동물 산업, 실험동물, 야생동물 복원에 대한 허위 등 현대의 모든 동물학대에 대해 다루고 있다.

동물원 동물은 행복할까?
(환경부 선정 우수환경도서, 학교도서관저널 추천도서)

동물원 북극곰은 야생에서 필요한 공간보다 100만 배, 코끼리는 1,000배 작은 공간에 갇혀서 살고 있다. 야생동물보호운동 활동가인 저자가 기록한 동물원에 갇힌 야생동물의 참혹한 삶.

동물 쇼의 웃음 쇼 동물의 눈물
(한국출판문화산업진흥원 청소년 권장도서, 한국출판문화산업진흥원 청소년 북토큰 도서)

동물 서커스와 전시, TV와 영화 속 동물 연기자, 투우, 투견, 경마 등 동물을 이용해서 돈을 버는 오락산업 속 고통받는 동물들의 숨겨진 진실을 밝힌다.

고등학생의 국내 동물원 평가 보고서
 (환경부 선정 우수환경도서)

인간이 만든 '도시의 야생동물 서식지' 동물원에서는 무슨 일이 일어나고 있나? 국내 9개 주요 동물원이 종보전, 동물복지 등 현대 동물원의 역할을 제대로 하고 있는지 평가했다.

야생동물병원 24시
(어린이도서연구회에서 뽑은 어린이 청소년 책, 한국출판 문화산업진흥원 청소년 북토큰 도서)

로드킬 당한 삵, 밀렵꾼의 총에 맞은 독수리, 건강을 되찾아 자연으로 돌아가는 너구리 등 대한민국 야생동물이 사람과 부대끼며 살아가는 슬프고도 아름다운 이야기.

숲에서 태어나 길 위에 서다
(환경부 환경도서 출판 지원사업 선정)

한 해에 로드킬로 죽는 야생동물 200만 마리. 인간과 야생동물이 공존할 수 있는 방법을 찾는 현장 과학자의 야생동물 로드킬에 대한 기록.

동물복지 수의사의 동물 따라 세계 여행
(한국출판문화산업진흥원 중소출판사 우수 콘텐츠 제작 지원 선정)

동물원에서 일하던 수의사가 동물원을 나와 세계 19개국 178곳의 동물원, 동물보호구역을 다니며 동물원의 존재 이유에 대해 묻는다. 동물에게 윤리적인 여행이란 어떤 것일까?

똥으로 종이를 만드는 코끼리 아저씨
(환경부 선정 우수환경도서, 한국출판문화산업진흥원 청소년 권장도서, 서울시교육청 어린이도서관 여름방학 권장도서, 한국출판문화산업진흥원 청소년 북토큰 도서)

코끼리 똥으로 만든 재생종이 책. 코끼리 똥으로 종이와 책을 만들면서 사람과 코끼리가 평화롭게 살게 된 이야기를 코끼리 똥 종이에 그려냈다.

동물학대의 사회학
(학교도서관저널 올해의 책)

동물학대와 인간폭력 사이의 관계를 설명한다. 페미니즘 이론 등 여러 이론적 관점을 소개하면서 앞으로 동물학대 연구가 나아갈 방향을 제시한다.

동물주의 선언
(환경부 선정 우수환경도서)

현재 가장 영향력 있는 정치철학자가 쓴 인간과 동물이 공존하는 사회로 가기 위한 철학적·실천적 지침서.

동물노동

인간이 농장동물, 실험동물 등 거의 모든 동물을 착취하면서 사는 세상에서 동물노동에 대해 묻는 책. 동물을 노동자로 인정하면 그들의 지위가 향상될까?

햄스터

햄스터를 사랑한 수의사가 쓴 햄스터 행복·건강 교과서. 습성, 건강관리, 건강식단 등 햄스터 돌보기 완벽 가이드.

토끼

토끼를 건강하고 행복하게 오래 키울 수 있도록 돕는 육아 지침서. 습성·식단·행동·감정·놀이·질병 등 모든 것을 담았다.

토끼 질병의 모든 것

토끼의 건강과 질병에 관한 모든 것, 질병의 예방
과 관리, 증상, 치료법, 홈 케어까지 완벽한 해답
을 담았다.

옮긴이 | **정소영**
서울시립대 영문학 학사, 같은 대학에서
국문학 석사와 박사학위를 받았다.

채식하는 사자
리틀타이크

초 판 1쇄 2007년 11월 20일
초 판 4쇄 2011년 4월 28일
개정판 1쇄 2014년 8월 15일
개정판 3쇄 2024년 1월 30일

지은이 조지 웨스트보, 마거릿 웨스트보
옮긴이 정소영
그린이 김윤주
펴낸이 김보경
펴낸곳 책공장더불어

편 집 김보경
인 쇄 정원문화인쇄

책공장더불어

주 소 서울시 종로구 혜화동 5-23
대표전화 (02)766-8406
팩 스 (02)766-8407
이메일 animalbook@naver.com
홈페이지 http://blog.naver.com/animalbook
출판등록 2004년 8월 26일 제300-2004-143호

ISBN 978-89-97137-12-1 03840

*잘못된 책은 바꾸어 드립니다.
*값은 뒤표지에 있습니다.